mare

Annelies Verbeke

Fische retten

Roman

*Aus dem
Niederländischen
von
Andreas Gressmann*

mare

Die Übersetzung dieses Buches wurde gefördert
vom Flämischen Literaturfonds (Vlaams Fonds voor
de Letteren – www.flemishliterature.be).

Die Deutsche Nationalbibliothek verzeichnet
diese Publikation in der Deutschen National-
bibliografie; detaillierte bibliografische Daten sind
im Internet unter http://dnb.ddb.de abrufbar.

Die niederländische Originalausgabe erschien
2009 unter dem Titel *Vissen redden* bei De Geus, Breda.
© Annelies Verbeke, 2009

1. Auflage 2011
© 2011 by mareverlag, Hamburg

Typografie und Einband
Farnschläder & Mahlstedt, Hamburg
Schrift Foundry Wilson
Druck und Bindung CPI Clausen & Bosse, Leck
Printed in Germany
ISBN 978-3-86648-144-2

www.mare.de

Nordsee

»Ein neuer Tag im Jetzt«, sang Monique Champagne in ihrer Badewanne. In der Stadt, in der sie lebte, blühte das kulturelle Leben, dem wilden Müll rückte man erfolgreich zu Leibe, und die Niederschlagsmengen ließen einen schon mal trübsinnig werden. Ab und zu hängte sich ein Jubilar an einem Dachbalken auf oder biss ein unberechenbares Haustier einem Kind ein Auge aus. Aber das geschah selten. In der Regel ging das Glück hier nicht so abrupt verloren.

Der Abfluss der Badewanne schien verstopft zu sein, aber nicht dramatisch. »Ein neuer Tag im Jetzt.« Immerhin sang sie wieder, ein gutes Zeichen.

Sie schminkte sich und zog sich an, als stünde etwas Wichtiges bevor, ging festen Schrittes zum Bäcker und nahm dort mit strahlendem Lächeln ein knuspriges Brot in Empfang. Auf dem Rückweg nach Hause hob sie ihr Gesicht in den leichten Nieselregen, wodurch sie den Regenbogen über der Stadt entdeckte. Wie schön, sagte sie sich.

Zu Hause sortierte Monique sorgfältig ihre Wäsche. Sie überprüfte Labels, die sie jedes Mal überprüfte, nur zur Sicherheit. Sie rannte die Treppe hinauf, nahm zwei Stufen auf einmal. Den Schreibtisch hatte sie noch gestern Abend aufgeräumt. Sie schaltete ihren Laptop ein, rannte wieder nach unten und räumte die Spülmaschine aus. Das meiste Geschirr hatte ihr ursprünglich nicht allein gehört, doch das hatte sich jetzt geändert. Danach sortierte sie die Gewürzgläser im Hängeschrank über dem Herd nach Größe und

Marke. Es wurde langsam Zeit für eine erquickende Fahrrad-
tour.

Dass sie es doch immer wieder schaffte, dachte sie, während sie ununterbrochen in die Pedale trat und den Geruch
der Fichten so tief wie möglich einsog. Wie sie jedes Mal wieder auf den Pfoten landete. Und dass sie an einen Schutzengel
glauben würde, wenn sie religiös wäre. Eine Schar Wildgänse
zog – ihre Rufe klangen wie Eselsschreie – über ihren Kopf
hinweg auf den Regenbogen zu, der sich noch farbenpräch-
tiger als vorhin gegen den blauen Hintergrund abzeichnete.

Verschwitzt von der Anstrengung nahm Monique ein weiteres Bad und machte sich dann eine Suppe. Sie schnitt Gemüse klein, rollte aus vegetarischem Prinzip keine Klößchen,
schnitt noch mehr Gemüse klein und aß langsam vor einer leeren Word-Seite, auf die sie, auch als ihre Suppe schon
längst aufgegessen war, noch lange weiterstarrte. Sie starrte
auf den weißen Bildschirm wie ein belgischer Soldat in Ka-
bul auf den Horizont; nichts erschien, aber würde etwas er-
scheinen, könnte es etwas Feindliches sein. Monique hatte
keine Lust, sich auf Feindliches einzulassen. Die Inspiration
kam nicht, der Nutzen einer neuen Geschichte ließ sich nur
schwer bestimmen, die Leser warteten, ihr Kontostand ten-
dierte ins Rote, doch sie würde weiter geduldig auf etwas
Schönes warten.

Schließlich wanderte ihr Blick, wie schon an so vielen
Nachmittagen zuvor, zu der grünen Mappe und den Büchern
auf dem anderen Schenkel ihres L-förmigen Arbeitstisches.
Sie nahm die Mappe auf den Schoß, blätterte mit großem
Ernst die Zeitungsausschnitte und ausgedruckten Internetsei-
ten durch, die sie dort gesammelt hatte, und seufzte. Mit den
Fischbeständen ging es immer weiter bergab. Zum wiederhol-
ten Mal las sie, dass jeden Tag Tausende von Kilometern Netz

entrollt wurden, um unfassbare Mengen Fisch und Beifang
vom Meeresboden zu kratzen. Der flächendeckende kommer-
zielle Fischfang hatte dazu geführt, dass in den letzten fünfzig Jahren die Bestände an großen Raubfischen um neunzig
Prozent zurückgegangen waren. Innerhalb eines Jahres wurden in der Barentssee mehr als hunderttausend Tonnen Kabeljau illegal gefangen. Im Jahr 2002 passte der gesamte Ka-
beljaubestand der Nordsee in ein Fischerboot mittlerer Größe.
Vierzigtausend Menschen verloren ihre Arbeit, als der letzte
dieser Fische aus der kanadischen Neufundlandbank gefischt
wurde. Fast alle südasiatischen Korallenriffe wurden mittlerweile mit Dynamit gesprengt. Haien wurde die Rücken-
flosse abgeschnitten, wonach man sie verstümmelt ins Meer
zurückwarf. Die Europäische Union hatte die letzte Chance
verpasst, das Überleben des Roten Thunfischs im Mittelmeer
zu sichern. Die ICCAT, eine internationale Kommission
zur Verwaltung der Thunfischbestände im Atlantik, wurde
hinter vorgehaltener Hand auch *International Conspiracy to
Catch all Tuna* genannt. Die Subventionen für die riesigen
Fischereiflotten brachen alle Rekorde, ebenso die Anzahl
unfairer Fischfangabkommen mit Entwicklungsländern.
Aquakultur schien selten die Lösung zu sein. Überall dort, wo
wilde Lachse auf ihrem Weg ins Meer an Zuchtlachsen vor-
beischwammen, verringerten sich die Bestände durch Infek-
tionen. Ein Drittel der im Meer gefangenen Fische wurde als
Futter für Zuchtfische verwendet. Elf Prozent der Landober-
fläche waren geschützt, bei den Meeren war es nur ein hal-
bes Prozent. Dreihundertfünfzig Millionen Fische pro Tag
wurden für den menschlichen Verzehr getötet. Setzte man
die Überfischung im heutigen Tempo fort, würden die Fischbestände gegen Mitte dieses Jahrhunderts erschöpft sein.

Von den gesammelten Artikeln hatte Monique die meisten

schon gelesen. Gerade hatte sie sich in einen Aufsatz über die Eutrophierung der Meere vertieft, als das Telefon klingelte.

»Spreche ich mit Frau Champagne persönlich?«, wollte eine ihr unbekannte Männerstimme wissen.

Monique bestätigte, dass sie es sei.

»Guten Tag, Frau Champagne. Ich rufe an, weil ich Ihnen einen Vorschlag machen möchte. Vielleicht kommt Ihnen das Ganze zunächst etwas eigenartig vor, aber ich möchte Sie bitten, mir einen kurzen Augenblick Ihrer Zeit zu gönnen, damit ich Ihnen erläutern kann, um was es geht. Ich hoffe, es wird Sie interessieren.«

Monique vermutete, dass der Mann bei einem Telekom-Unternehmen arbeitete oder sie zwecks Marktforschung über ihren Tabakkonsum befragen wollte. Es könnte auch sein, dass er irgendeinen verrückten Vorschlag machen wollte, der mit ihrem Beruf zusammenhing. Man hatte ihr, der Schriftstellerin, schon vorgeschlagen, an Quizsendungen teilzunehmen und bei Programmen mitzuwirken, wo sie sich, halbprominent und abenteuerlich, vor Gletscherkulisse oder im Urwald vor die Kamera stellen sollte. Man hatte sie gebeten, Oldtimerfahrten und das Spucken auf Weinprobeabenden literarisch, doch gratis zu begleiten. Ihr »Leider habe ich an diesem Tag bereits einen Termin« lag ihr schon auf der Zunge.

»Ich habe Ihren Zeitungsartikel gelesen, nun ja, Artikel, Ihr lyrisches Plädoyer, oder wie soll ich es nennen ... über Fische, die Überfischung. Ich fand das sehr schön. Na ja, schön ... packend eher. Ich habe es ein paarmal nacheinander durchgelesen und dachte: Ja, das hier ... ja, das geht uns ab, uns Wissenschaftlern, allgemein gesehen. Entschuldigen Sie, ich habe mich noch nicht vorgestellt. Mein Name ist Sven Nootjes. Ich arbeite am ILVO, dem Institut für Landwirtschafts-

und Fischereiforschung. Das ist eine staatliche Einrichtung. Wie Sie vielleicht wissen.«

»Ja«, sagte Monique. Es gefiel ihr, dass der Mann davon ausging, dass sie das wusste. Es gefiel ihr, dass ein Wissenschaftler ihr einen Vorschlag machen wollte. »Was genau geht Ihnen denn Ihrer Meinung nach ab?«, fragte sie höflich nach.

»Wie meinen Sie?«, fragte Nootjes, für einen Augenblick verwirrt. »Ach so, in der Wissenschaft! In der Wissenschaft, ja! In der Wissenschaft geht es oft so trocken zu, Frau Champagne. Und wohlgemerkt, dieser Ernst muss auch sein. Der muss sein. Und es gibt natürlich Ausnahmen. Ich habe vor Kurzem einen Vortrag über die Lernfähigkeit von Krähen gehört, von einem jungen Biologen, wie hieß er gleich wieder, vielleicht kennen Sie es, auf YouTube ist es auch zu sehen, na ja, das ist ja jetzt auch unwichtig. Was ich sagen will, Ihr Artikel strahlt etwas aus, was wir gebrauchen können, und das ist: Emotion.«

Er sprach dieses letzte Wort sehr emotional aus, fand Monique, die anfing, sich zu fragen, ob sie sich freuen oder besser auf der Hut sein sollte. Emotion war nie ihre Absicht beim Schreiben gewesen, zumindest nicht in ihrer rohen, unbearbeiteten Form. Aber ihr war natürlich bewusst, dass es in ihrem Fischartikel, der das Ergebnis ihres letzten Kampfes mit der Tastatur war, in der Tat um Gefühle ging.

»Reisen Sie gerne?«, fragte der Mann.

Monique bejahte.

Der Vorschlag lautete, sie solle eine Anzahl europäischer Städte besuchen, um ihr Plädoyer auf Fischkongressen vorzulesen, gewissermaßen als Parenthese.

»Finden die häufiger statt, solche Fischkongresse?«, wollte Monique wissen.

»Aber ja!« Ihr Unwissen schien Sven Nootjes etwas zu erstaunen. Er setzte an zu einer Aufzählung aller maritimen Kongresse und Vorträge, die er selbst bisher miterlebt hatte, rein akademische Veranstaltungen wie auch Vorträge für ein breiteres Publikum. Es war eine ganze Menge, die da zusammenkam. Zwei Organisationen würden sich ihre Reise- und Übernachtungskosten teilen, eine dritte würde zusätzlich für ihre Gage aufkommen.

»Und ich soll sozusagen eine gewisse spielerische Note in das Ganze bringen?«, fragte Monique. Während sie das Wort »Note« aussprach, hoffte sie, dass Nootjes das nicht für eine Anspielung auf seinen Namen hielt.

»Na ja, spielerisch, so würde ich es nicht ausdrücken«, sagte er. »Eher: emotional.«

Nootjes äußerte die Hoffnung, dass Monique einen speziellen Beitrag beisteuern könnte, der den Thunfischbeständen zugutekommen würde. Über Thunfisch hätte er gerne noch den einen oder anderen Absatz mehr in ihrem Plädoyer gelesen, aber diese Vorliebe sei, wiewohl begründet, mehr oder weniger persönlich, betonte er.

»Ich werde mein Bestes tun!« Monique sorgte dafür, dass ein Lächeln in ihrer Stimme mitklang.

»Heißt das, Sie sind einverstanden? Wollen Sie nicht erst wissen, wann?« Auch Nootjes lächelte hörbar.

»So schnell wie möglich«, versetzte Monique etwas unwillig.

»Nächste Woche Tallinn!«, gab Nootjes fröhlich zurück.

Genau das war es, was sie gebraucht hatte: Fische retten. Es würde etwas Neues sein. Etwas Nützliches. Die Aussicht darauf erfüllte sie mit so viel Mut und Hoffnung, dass sie auf der Stelle beschloss, die Sache mit einem großen Fest zu feiern.

Im Internet entdeckte sie ein Foto von einem Schwarm

Guppys in völlig überdrehten Ballkleidern, so wirkte es jedenfalls. Leibchen aus Mohair und Seide und Glas, mit Leopardenmuster und Gold, Flossen wie Boas, Schwanzflossen aus dünnem Papier, Schwanzflossen wie teure Farbpinsel. Kein Bild konnte die Begriffe Fisch und Festlichkeit besser zusammenbringen, fand Monique. In grünen Buchstaben gab sie darüber das Datum, die Uhrzeit und ihre Adresse ein, gefolgt von den Anweisungen: »Weder Blumen noch Kränze« und »Thema/Dresscode: Fische/Meer«. Dann fügte sie noch ein Zitat von John L. Culliney hinzu: »Die Weltmeere sind die letzte große Wildnis, die einzige noch bestehende Grenze für den Menschen auf der Erde, und zugleich vielleicht seine letzte Chance zu beweisen, dass er ein rationales Wesen ist.« Sie mailte die Einladung an neununddreißig Menschen und versandte sie zehnfach per Post.

Die Zeit, die ihr bis zu dem Fest und der anschließenden Abreise blieb, verbrachte Monique mit verstärkter Recherchearbeit über verschiedene Thunfischarten und deren unnatürliche Feinde. Nootjes rief sie noch ein paarmal an und teilte ihr weitere Einzelheiten über die Reise mit.

In Wirklichkeit war sie schon vor einem Monat sicher gewesen, dass sie diesen Weg gehen würde. Den Artikel für die Zeitung hatte sie mit höchster Intensität geschrieben, auch wenn ihr erst jetzt klar wurde, wie wenig sie damals über ihr Thema gewusst hatte. Je mehr sie las, desto besessener war sie von ihrer ökologischen Mission. Wörter, die sie gewöhnlich vermieden hatte – Alarmglocke, Endphase, bessere Welt –, drängten sich ihr beim Lesen auf. Die Meere, Ozeane und Flüsse drohten leer gefischt zu werden. In diese leeren Meere las Monique Champagne das Ende allen Lebens auf der Erde hinein, denn im Meer war alles Leben auch entstanden. Sie fühlte sich wie untergetaucht in einem nassen Nichts, umgeben von leblosem Land. Irgendjemand musste etwas Bedeutendes tun, fand sie, und da eine nicht zu vernachlässigende Minderheit bereits etwas tat, fühlte sie sich schuldig, weil ein Beitrag von ihrer Seite bisher ausgeblieben war. Sie hatte zwar schon mehr als einmal anderen den Appetit verdorben, wenn diese in einem Restaurant ein Meerestier aus der »Besser nicht«-Spalte des WWF-Ratgebers bestellt hatten, aber sehr viel weiter hatte ihr Aktivismus bislang noch nicht gereicht.

Nicht ganz auf einer Linie mit ihrem leidenschaftlichen Engagement für eine bessere Zukunft lag der Eifer, mit dem sie, wenn sie ihre Recherchesitzungen unterbrach, ihren Einkaufswagen durch die Gänge des Supermarktes schob. Sie befürchtete schon, sich am Ende noch einen Bruch an den Bierkästen und Kartons mit Weinflaschen zu heben, und sie dachte lange und tief über Gerichte nach, die geeignet wären, ihre Gäste dazu anzuspornen, sich befriedigt, aber nicht überfressen auf die Tanzfläche zu begeben.

Es würde ein Abschiedsfest sein, und diese Aussicht zwang ihr ein verbissenes Lächeln auf die Lippen. Selbst als das Untergestell des Einkaufswagens zum zweiten Mal einen blauen Fleck auf ihrem Schienbein verursachte und als die Kofferraumklappe ihres Wagens beim Einladen auf ihren Kopf niederging, verschwand dieses Lächeln nicht. Ein Vorübergehender sah erschrocken weg.

Beim Kochen sang Monique Champagne Schlager mit, die während des Zweiten Weltkriegs aufgenommen worden waren, doch ausschließlich von Liebe handelten. Immer lauter sang sie, hoch und tief und brummend. Sie trieb ihre Stimme zum Äußersten, wodurch sich ihre Kehle manchmal zusammenschnürte und sie nur noch ein schmerzhaftes Husten hervorbrachte. Dann griff sie mit bemehlten Händen nach dem heißen Tee, den sie sich gekocht hatte, gurgelte ihre Stimme wieder zu alter Stärke und fuhr fort zu singen und zu kneten.

Monique Champagne war gut in Partys. Das hatte sie von zu Hause mitbekommen; sich für andere ins Zeug legen, Perfektionismus, Konfetti. Anderthalb Stunden bevor die ersten Gäste kommen sollten, hatte sie alles unter Kontrolle. Die warmen Häppchen auf dem Ofengitter bereiteten sich auf die Hitze vor, ein Abakus aus Kirschtomaten und Mozzarellakügelchen wartete, umringt von vegetarischen Amuse-Gueules, im Kühlschrank, und die Stereoanlage shuffelte vorbildlich zum nächsten Stimmung schaffenden Intro. Monique warf einen letzten Blick auf die Girlanden aus blauen Papierfischlein, die sich vom staubfreien Bücherregal aus in alle Richtungen quer durch das Wohnzimmer spannten. Danach hastete sie ins Badezimmer.

Kurz baden, nahm sie sich vor. Unter Wasser betastete sie ihren mageren Körper wie ein enttäuschter Metzger. Früher war sie muskulöser gewesen, straffer. Sie musste so schnell wie möglich etwas unternehmen. Fahrrad fahren allein genügte nicht. In erster Linie ging es doch darum, gesund auszusehen.

Nachdem Monique den Festiger aus ihren Haaren gespült hatte, hielt sie den Duschkopf kurz zwischen ihre Beine. Sie berührte nichts, brauchte sich zu ihrer Erleichterung auch nichts auszumalen. Brausend und ununterbrochen erledigte der Wasserstrahl die Arbeit; das Verströmen, das Schwellen, die Feuchtigkeit. Ihre Wangen bekamen kaum Zeit für ein wenig Farbe. Als sie abschließend seufzte, brach sich eine winzige Welle am Rand der Wanne, das war alles. Vital, dachte Monique befriedigt.

Eine Viertelstunde vor der von ihr angegebenen Zeit klingelte es. In Socken und mit nur einem geschminkten Auge hastete sie zur Tür. Vor ihr standen Jan und An, die ihre Namen in dieser Kombination zu banal fanden und deshalb gerne als Jean und Nana angesprochen werden wollten, was selten geschah. Das Baby im Maxi-Cosi, mit dem sie die Tür weiter aufdrückten, hatten sie Dolf genannt, was ihrer Ansicht nach moralisch durchaus zu verantworten war, aber doch immer noch sehr selten vorkam. Jan und An trugen beide eine schlampige Kette aus Muscheln, kramten zwei zerknitterte Matrosenhütchen zwischen den Windeln hervor und setzten sie sich auf.

»Na ja, wir sind 'n bisschen früher gekommen, weil Dolf wach geworden ist«, erklärte Jan.

»Und deswegen haben wir uns auch nicht so gut verkleidet und müssen ziemlich früh wieder gehen, tut uns leid«, fügte An entschuldigend hinzu, als erwarte sie eine Tracht Prügel von Monique.

Monique verstand die Logik hinter ihren Mitteilungen nicht, schrieb sich das jedoch selbst zu.

»Kein Problem, kommt rein, groß geworden, oh, danke«, murmelte sie während des Austauschs von Begrüßungsküssen und der erfreuten Blicke auf das Kind und das Weinetikett. Danach war sie an der Reihe, sich zu entschuldigen. Sie sei noch nicht ganz fertig. Zur Verdeutlichung zeigte sie auf ihr bereits geschminktes Auge, das Jan an Malcolm McDowell in *A Clockwork Orange* erinnerte, worin An und Monique ihm lachend zustimmten. An fand, dass sie schön aussehe und dass sie etwas Schönes trage und dass ihre Haarfarbe schön sei. Nachdem sie die Eltern mit Getränken versorgt hatte, streifte Monique den Thunfischanzug über, den sie am Abend zuvor angefertigt hatte. »Sehr schön gemacht«, fand An.

Als sie den Backofen einschaltete, ertönte wieder die Klingel, gefolgt von einem fordernden Schrei von Dolf. Vor der Tür stand Diederik, den sie als ersten Gast erwartet hatte, weil er immer der erste Gast war. Vielleicht hatte das Anbringen der schwarzen Augenklappe ihn aufgehalten. Weil er abgesehen davon nicht wie ein Seeräuber gekleidet war, ließ die Klappe eher an eine medizinische Maßnahme wegen eines faulen Auges denken.

»Bin ich zu spät?«, fragte er in Panik, als er die Stimmen von Jan und An hörte.

Monique beruhigte ihn.

»Alles Gute zum Geburtstag«, sagte Diederik bedrückt, worauf er ihr ein Buch überreichte, das er in Zeitungspapier eingewickelt hatte.

Monique erklärte ihm freundlich, das wäre doch nicht nötig gewesen, sie feiere heute nicht ihren Geburtstag, sondern gebe nur ein kleines Abschiedsfest. Für Diederik war das ein harter Schlag; dies sei jetzt schon das siebte Abschiedsfest innerhalb eines Monats, und allesamt von Menschen, die ihm viel bedeuteten. Einige von ihnen feierten, dass sie ins Ausland gingen, aber die meisten hätten Krebs, die feierten wahrscheinlich zum letzten Mal. Während sie Diederik zuhörte, streichelte Monique begütigend seine Schulter. Sie kannte ihn schon lange. Die Lügengeschichten, die er sich ausdachte, wurden von Jahr zu Jahr ausschweifender und tragischer. Nicht selten rührte ihn das Unglück, das er sich für sich selbst ausgedacht hatte, zu Tränen. Mit seiner Macke hatte er viele Menschen vergrault. Monique verspürte das Bedürfnis, ihn von ihrem Leben fernzuhalten, doch sie fand nicht den richtigen Augenblick, um den Kontakt abzubrechen. Sie hielt sogar ihren Mund, als sie Diederik einen Popel unter ihre Tischplatte kleben sah.

Die meisten weiblichen Gäste und ein einzelner Mann waren als glamouröse Meerjungfrauen verkleidet. Ferner zählte Monique zwei Kraken, eine Riesenauster, irgendetwas mit Muscheln, einen Krebs und vier Garnelenfischer. Mitten im überfüllten Wohnzimmer riss das Gummi von Diederiks Augenklappe. Monique stellte die Musik lauter und trug ein Tablett nach dem anderen voller Gläser und Essbarem durch das Zimmer. Überall hielt sie ein kurzes Schwätzchen, das jeweils mit einem Lachen endete.

»Oh«, sagte eine äußerst besorgte Meerjungfrau, die ihre langen Nägel in den Thunfischanzug bohrte. »Du siehst aber müde aus. Geht's dir gut?«

Monique sagte, es sei alles in Ordnung, und lachte. Die Meerjungfrau wollte jedoch wissen, ob das wahr sei, ob es ihr wirklich gut ging. Als Monique sich mit einem beruhigenden Augenaufschlag an ihr vorbeidrängen wollte, klammerte sich eine andere Meerjungfrau an ihren Arm.

»Monique«, sagte diese, »ich würde nicht gerne in deiner Haut stecken. Du bist wirklich wahnsinnig stark.«

»Ach, ich betrachte es eher als ein Privileg, dass ich überall in Europa die Leute über den beklagenswerten Zustand der Fischbestände informieren darf.«

Die Meerjungfrau murmelte, das habe sie nicht gemeint. Einer der Garnelenfischer legte seine Hand auf die rechte Flosse von Moniques Thunfischanzug.

»Lass dich nicht zu sehr vereinnahmen von diesen überdrehten Ökokämpfern.«

Seiner Meinung nach sollte man jedem, der nicht daran glaubte, dass der Mensch immer und für alles rechtzeitig eine Lösung finden würde, eine Beruhigungsspritze verabreichen. Seine Meerjungfrau trat ihm auf die Zehen. Er verstand den Wink.

»Du bist sehr lieb«, sagte er zu Monique. »Und die muss es auch geben, liebe Menschen.«

Allerdings müsse sie zugeben, dass Fische primitive Tiere seien. Wenn man ein so kurzes Gedächtnis besitze, dass man sich beim Schwimmen in einer Schüssel fortwährend in einer neuen Welt wähne, dann sei »primitiv« der richtige Ausdruck.

Das Lachen erstarb, als man Moniques Miene bemerkte.

»Das mit dem Gedächtnis ist eine dumme Legende«, sagte sie. »Wenn es ihnen gelingt, sich zu befreien, schnappen Fische kein zweites Mal nach einem Köder, der an einem Haken hängt. Und das mit dem ›primitiv‹ stimmt auch nicht. Sie sind immer noch die am besten angepassten Lebewesen für das Leben unter Wasser.« Sie war so wütend, dass alle Umstehenden nicht anders konnten, als zu nicken. Einer von ihnen murmelte leise und bekräftigend: »Jaja, Darwinismus.«

»Hast du dich noch mal mit Thomas getroffen?«, fragte eine Meerjungfrau. Sie war die fünfte an diesem Abend, die Monique diese Frage stellte.

»Nein«, zischte ihr Monique zu.

Eine Umstehende, die das Gefühl hatte, es müsse sofort das Thema gewechselt werden, erkundigte sich, ob sie an etwas Neuem arbeite. Ein neues Buch, meine sie, unabhängig von dieser Fischgeschichte. Monique antwortete vergnügt, dass sie keine Schriftstellerin mehr sei. Sie habe der Literatur vollkommen abgeschworen, auch dem Lesen. Nachdem sie sich jahrelang dazu verpflichtet hatte, mindestens ein literarisches Werk pro Woche zu lesen, immer abwechselnd Klassiker und neue Literatur, lese sie jetzt nur noch über Fisch. Tatsächlich seien Fische die ewigen Verlierer des Tierreichs, Tiere, für die anscheinend niemand die geringste Empathie aufbringen könne. Selbst viele sogenannte Vegetarier äßen Fisch.

»Fische lassen sich nicht so einfach beobachten. Sie machen keine Geräusche, die Menschen hören können, und sie zeigen keinen Gesichtsausdruck und keine Körperhaltung, aus denen wir Angst und Schmerzen ablesen könnten. Aber das heißt ja noch lange nicht, dass ein Fisch so etwas nicht fühlen kann!«

Monique hatte voller Begeisterung gesprochen.

»Nein, natürlich nicht«, sagte die Meerjungfrau vom Garnelenfischer. Ihr Mitleid war so intensiv, dass es fast etwas Begieriges hatte. »Auch ein Fisch hat Gefühle.« Sie biss sich auf die Lippe und sah betroffen und bedeutungsvoll zu ihrem Geliebten auf.

»Monique«, sagte die Riesenauster, die schlecht zu verstehen war, »falls etwas ist, kannst du immer zu uns kommen.«

In der Mitte des Zimmers tanzten die Kraken. Als Monique an ihnen vorbeilief, lösten sie zum ersten Mal seit ihrer Ankunft die Lippen voneinander und versuchten, die Gastgeberin dazu zu bewegen, das Tanzbein zu schwingen. Monique lehnte dankend ab, fand es schön, dass die zwei ihre Liebe zeigten, und fragte sich, ob sie die schlaffen Toasts, die auf dem Wohnzimmertisch standen, wegschmeißen sollte. Der Krebs, den eine Freundin mitgebracht hatte und der Monique schon den ganzen Abend lang Prinzessin nannte, erkundigte sich, ob sie noch etwas Stärkeres als Wein dahätte. Monique holte eine teure Flasche Whisky, die ihr jemand geschenkt hatte und die sie ihrerseits jemandem weiterschenken wollte. Es schien eine Sorte zu sein, die sich leicht hinuntergießen ließ.

Die restliche Nacht schlich sie an den Wänden ihres vollen Hauses entlang und ließ sich von allen umarmen und drücken, die das dringende Bedürfnis danach hatten. Die Feierwütigen blieben. Ihnen ging es gut, oder sie warteten darauf.

Gläser wurden von Fensterbänken gestoßen, Namen vergessen, Gespräche wiederholt. Eine ehemalige Mitschülerin befreite ihre Schultern von einem Arm, jemand kratzte sich länger als normal, eine Frau auf Stilettoabsätzen kakelte: »Ich bin froh, dass ich endlich über dreißig bin, du nicht? Warum nicht? Ich schon, das ist doch viel angenehmer, oder? Ich find schon. Ich bin echt froh, dass ich über dreißig bin!«

»Ja gut, aber ich predige ja schon seit Jahren, dass Handball totaler Schwachsinn ist«, sagte ihr Gesprächspartner.

Das ist das Alter, in dem liebenswert verrückt in durchgedreht überzugehen droht, dachte Monique.

Sie bemerkte, dass Diederik tief betrübt auf eine Papiergirlande starrte. Sie fragte ihn, was ihm fehle.

»Alles«, brüllte Diederik über die Musik hinweg. Fast schien es, als ob diesmal keine erfundene Geschichte folgen würde. Doch dann fuhr er fort: »Nimm diese Girlande, zum Beispiel. Mein Vater hat die entworfen. Aber leider kein Patent angemeldet. Arm gestorben. Meine Jugend hätte ganz anders aussehen können.«

Monique reichte ihm ein Bier, das Diederik allerdings zurückweisen musste, da er früher am Abend eine Alkoholallergie vorgeschützt hatte.

Diskret drehte sich Monique um ihre eigene Achse, langsam, ganz langsam, damit nicht auffiel, dass sie es tat, um zu beobachten. Lachende Münder entblößten in Rotwein getränkte Zähne, eine rote Nase grub sich in einen schwitzenden Busen. Unglücklich wirkten die meisten ihrer Freunde nicht. Monique hatte ein gewisses Geschick darin erworben, ihnen ihre Zuneigung zu zeigen, und im Gegenzug hatten die Freunde mehrfach für willkommene Zerstreuung gesorgt. Dennoch wusste sie, dass sie ihr nach dieser Nacht nicht fehlen würden. Keinen Augenblick.

Lange und regungslos starrte sie auf die Einladung mit den Guppys, die in großer Zahl an den Wänden hing. Für einen kurzen Moment kam es ihr vor, als schwömmen die Fische aufgescheucht, losgelöst und jeder für sich in alle Richtungen davon. Nein, sie tanzen, nahm Monique sich fest vor. Sie ahmen Feuerwerk nach. Es war nicht so, als würden sie nach einem Bombenanschlag auf einem Ball die Flucht ergreifen.

Um Viertel nach fünf brach das Fest plötzlich ein, früher, als Monique erwartet hatte. Ihr fiel auf, wie ausgiebig ihre Gäste ihr beim Abschied Glück wünschten. Das Allerallerbeste, alles Glück dieser Welt, wahnsinnig viel Freude. Nichts wurde ausgelassen. Eine Meerjungfrau sagte: »Genießen, Monique, genießen«, und sah sie dabei so eindringlich an, dass Monique kurz dachte, die Frau habe einen Code benutzt und etwas ganz anderes gemeint, etwas unerhört Wichtiges, das ihr entgangen war.

Auch das Aufräumen nach einem Fest erledigte Monique Champagne mit großem Geschick. Niemals verschob sie es auf den nächsten Tag. Manchmal bereiteten ihr das Wegschütten der Bierreste und das Löschen der Kerzen so viel Freude, dass sie sich fragte, ob sie diesen Teil nicht insgeheim als den Höhepunkt ansah. Sie zog ihren Thunfischanzug aus. Danach leerte sie sechs Aschenbecher und zwei Schalen mit Chipsresten über einem Papiertischtuch aus, in das sie die Mischung aus Asche und Paprika anschließend einpackte. Fast wie ein feindliches Geschenk, dachte sie, als sie die Papierkugel in den Händen hielt. Bevor sie sie in den Mülleimer stopfte, schlenderte sie noch ein wenig damit durch das Haus, unfähig, sich sofort davon zu trennen.

Diesmal machte sie sich nicht wie sonst sofort daran, die klebrigen Böden zu wischen. Sie klaubte die letzte Zigarette aus einem liegen gebliebenen Päckchen. Obwohl sie vor anderthalb Jahren mit dem Rauchen aufgehört hatte, inhalierte sie jetzt so tief wie möglich. Als die Zigarette aufgeraucht war, lief sie in Gummistiefeln durch den dunklen Morgen zu ihrem Wagen. Sie wollte ihren zukünftigen Bundesgenossen begrüßen. Das Meer sehen. Es war nur eine Dreiviertelstunde zu fahren.

Zum ersten Mal las Monique, was innen auf der Beifahrerseite an der beschlagenen Windschutzscheibe geschrieben stand. »Monique, mein Blümchen.« Es musste schon lange dort stehen, überlegte sie, während sie energisch über die Scheibe wischte. Der Wind pfiff ganz sachte durch einen winzigen Sprung im Glas. Es klang künstlich, als ahmte jemand das Geräusch nach.

Sie parkte neben einem Denkmal in einer Stadt an der Küste, in der sie schon seit zwei Jahrzehnten nicht mehr gewesen war. Die auf das Meer blickenden Gebäude waren hier so hässlich, dass man sich gedrängt fühlte, ihnen den Rücken zuzukehren. Und das tat Monique denn auch. Sie schritt von ihnen weg, hinter einem vergessenen kaputten Drachen her, der vom Wind zum Wasser hinübergetragen wurde. Nicht der geringste Schimmer einer Morgendämmerung, keine Spur von Tag.

Sie hatte vergessen, wie breit sich der Strand hier ausstreckte. Oder es kam ihr vielleicht nur so vor, weil sie allein war. Glitzernd schwarzes Wasser streichelte den dunklen Sand, immer weniger, immer weiter weg. Monique hatte sich eine Begegnung mit der Flut vorgestellt, hatte erwartet, dass die Nordsee vor lauter Freude, sie zu sehen, wie ein wildes Kind auf sie zustürmen würde. Der Ebbe maß sie keinen symbolischen Wert bei. Dieses Meer, aus dem die Austerngründe, der Rote Thunfisch und der zwei Meter lange Kabeljau schon seit hundert Jahren verschwunden waren, schuldete ihr keinen Dank im Voraus, dieses Meer voller Schiffe, Fischer, Gasplattformen, Windräder und Lärm, aus dem Sand gewonnen und in das Schmutz gekippt wurde, von dem die Landesverteidigung und die Touristen ihren Teil eingefordert hatten, in das Fische tot wieder zurückgeworfen wurden und über dessen Grund lauter Kabel und Leitungen liefen. Das Meer würde die Narben seiner zermürbenden Erfahrungen davontragen, doch es würde nicht endgültig ausbluten. Gesundung, darum ging es, wusste Monique Champagne. Der Gedanke schnürte ihr die Kehle zu. Gesundung.

Ich bin Ihr Diener, dachte sie, und nachdem sie sich noch einmal vergewissert hatte, dass kein Mensch, kein Hund zu sehen war, drückte sie ihre Knie in den nassen Sand und wiederholte laut, mit einer tiefen, trägen Stimme, die sich wie aus einem Traum zu lösen schien: »Ich bin Ihr Diener.« Obwohl sie sich überaus für diesen übertriebenen und wenig wissenschaftlichen Moment der Besinnung genierte, hielt sie es doch für nötig, so lange auf die See und den Himmel zu starren, bis es langsam dämmerte. Der Wind zwirbelte kleine, straffe Knoten in ihr Haar. Bestimmt haftete ihrem Blick jetzt etwas Poetisches an.

Ostsee

Monique Champagne drückte ihre Stirn gegen die abgerundete Ecke des Flugzeugfensters und blickte auf das näher kommende Wasser, von dem sie wusste, dass es große Mengen von PCB und Dioxin enthielt. Vor Kurzem war ein Gesetz teilweise außer Kraft gesetzt worden, weshalb Ostseefisch, der mehr Giftstoffe enthielt, als anderswo erlaubt war, weiterhin auf dem finnischen und schwedischen Markt verkauft werden durfte. Das würde die Krebszahlen in Skandinavien in Zukunft sicher in ungeahnte Höhen treiben.

Sie fragte sich, ob sie die gesamte Ostsee hätte überblicken können, wäre ihre Sicht nicht durch Wolken behindert gewesen. Auf der Landkarte zeigte sich der Finnische Meerbusen als Lauf eines Gewehres, in die Luft gereckt von einem vornübergebeugten Mann, der sich mutlos vorwärtszuschleppen schien. Begleitet vom singenden Estnisch, das aus den Lautsprechern säuselte, steuerte der Pilot seine Maschine auf die Erde zu. Moniques Herz tat einen Sprung, als die Räder den Beton berührten. Während der Fahrt über die Landebahn pulsierte ihr Blut schneller durch ihren Körper. Die angenehme Nervosität, von der sie selbst überrascht war, gehörte zu jemandem, der keine Angst vor der Zukunft hatte und sich nach taufrischen Kalenderblättern sehnte.

Und dennoch: Kurz bevor Monique Champagne zwischen den zur Seite weichenden Türen die Ankunftshalle betrat, hoffte sie einen brennenden Augenblick lang, gegen alle Logik, dass er, Thomas, dort auf sie warten würde.

Verärgert über sich selbst blickte sie sich um. Eine Groß-
mutter umarmte ein Kleinkind, eine Gruppe sportlicher
Frauen verteilte sich winkend über den Raum. Ein kleiner,
breiter Mann erhob sich langsam von einer Bank. Unschlüssig drehte er ein Pappschild in ihre Richtung, sodass sie
8th CONGRESS OF ICHTHYOLOGY lesen konnte. Monique
entspannte sich.

»*The writer*«, brachte der Mann undeutlich hervor. Er
murmelte noch etwas, das sein Name gewesen sein könnte,
das Monique jedoch nicht verstand.

Als er ihr den Koffer abnehmen wollte, sagte sie, sie würde
es schon allein schaffen. Er bestand nicht auf seinem Angebot und ging voraus zum Ausgang.

»Er ist so schwer, weil ich danach noch weiterreisen muss«,
sagte Monique, als er das Gepäck auf die Rückbank schob. Weil
der Mann kurz antwortete, dass er das wisse, klang ihre Mit-
teilung wie eine Entschuldigung. Oder wie eine Beleidigung.
Für ihn schien der Koffer nicht besonders schwer zu sein.

Sie fuhren schon eine Weile schweigend durch Tallinn,
als Monique die Hoffnung aufgab, sich noch etwas Passendes
auszudenken, um die Stille zu unterbrechen.

»Heute Nachmittag kommt Marko Reinikainen«, sagte der
Mann schließlich.

»Oh. Das ist gut«, sagte Monique. Sie kannte den Namen,
wusste aber nicht mehr, woher, bis sie sich erinnerte, einen
Artikel von Reinikainen gelesen zu haben. Ein Finne.

»Er setzt sich für den Kabeljau ein!«, rief sie.

Der Este parkte den Wagen am Straßenrand und fixierte
sie mit einem graublauen, etwas wässerigen Blick.

»Wer?«

»Reinikainen?« Monique gab sich Mühe, den Namen ruhig
auszusprechen.

»Ja«, sagte der Mann. »Kabeljau. Unter anderem.«

Jetzt, da der Wagen nicht mehr fuhr, wirkte die neuerliche Stille noch drückender. Der Mann rieb sich langsam über das Kinn, kratzte danach etwas von der Windschutzscheibe. Sie standen dicht vor einem Hotel, bemerkte Monique.

»Sind wir da?«, fragte sie.

Der Mann nickte.

An der Theke bekam sie einen Schlüssel und ein Mäppchen mit Informationen über den Kongress. Im Aufzug standen drei stumme Menschen mit einem ebensolchen Mäppchen, das sie alle mit einem Arm gegen ihren Bauch pressten. Monique fand das witzig. Sie folgte ihrem Beispiel.

Das Fenster des kleinen Zimmers mit dem Doppelbett bot Aussicht auf einen Parkplatz. Auf einer Mauer hockte eine große Möwe, die den Eindruck erweckte, über irgendetwas tief nachzudenken. Das Hellblau des Himmels zeichnete sich als einfaches Aquarell hinter dem Vogel ab.

Sie setzte sich auf das Bett und blätterte die Informationen durch. Ihr eigener Auftritt war für den nächsten Nachmittag geplant. *Monique Champagne, Belgium: A literary interlude ...* Vermutlich sollte mit den drei Pünktchen das Ungewöhnliche eines kulturellen Intermezzos auf einem Fischkongress betont und das Ganze gewissermaßen mit einer Aura des Geheimnisvollen umgeben werden. Monique beschlich dagegen der Gedanke, dass eigentlich noch etwas anderes folgen sollte. Etwas wie ein skeptisches »Wir sind gespannt« oder schlichtweg *»Whatever!«*. Dass sie die Außenseiterin war, wurde ihr erst richtig bewusst, als sie die Titel der übrigen Vorträge las. Reinikainen zum Beispiel würde eine Stunde lang an seine Forschungen der letzten Jahre anknüpfen, etwa *Uptake and accumulation of dissolved, radiolabeled nodularin in Baltic Sea* *zooplankton* (2003) und *Trophic transfer of cyanobacterial toxins from zooplankton to planktivores: consequences for pike larvae and mysid shrimps* (2005). Monique dachte an den Thunfischanzug. Es gab Wörter in diesen Titeln, die sie verstand. Dem Artikel des berühmten Biologen, den sie vor ein paar Monaten gelesen hatte, hatte sie entnommen, dass er Teile der Ostsee für ökologisch tot erklärte. Das Leben starb dort ab, weil zu wenig Ozeanwasser hineinströmte, und das hing wiederum mit einer schmelzenden Eiskappe und einer Bodenerhöhung im Kattegat zusammen. Algen und Gift spielten auch eine wichtige Rolle in der Geschichte, darüber würde sie schon bald mehr erfahren. Wissensdurst ist eine schöne Eigenschaft, dachte Monique unsicher. Sie beschloss, einstweilen auf den Kleinbus zu warten, der sie zum Kongresszentrum bringen sollte.

Der Empfangschef gab ihr aus der Ferne zu verstehen, dass sie ihren Schlüssel behalten könne. Auf dem Fußweg vor dem Hotel – sie war die Erste – fiel ihr die Übersetzung von *pike* ein. Hecht. Durch das Hellblau über den Häusern flogen weitere Möwen. Ehe sie sich's versah, summte Monique eine unbestimmte Melodie vor sich hin. Nicht unangebracht, kurz vor Beginn ihres ersten Fischkongresses. Vor einem Jahr hatte ein amerikanischer Forscher entdeckt, dass der Mensch seine Sprache einem Vorfahren des Krötenfisches verdankt, der vor vierhundert Millionen Jahren Weibchen brummend und summend zu seinem Nest lockte. Mit höher entwickelten Formen der Kommunikation war Monique oft sehr gut gefahren. Dennoch hätte sie manche Wörter, die ihr im Lauf der Jahre über die Lippen gekommen oder in die Ohren gedrungen waren, lieber durch Summen ersetzt.

Das leise Geplauder der übrigen Fahrgäste entspannte sie ein
wenig. Sie blickte auf Dächer von Personenwagen, Scheitel
von Radlern, verzierte Fensterrahmen, kleine Kinder, die sich
an der Hand hielten. Sie redete sich ein, dass dies alles verschwinden würde, wenn sie nicht aktiv wurde.

Bei einem anderen Hotel wurden noch mehr Fischexper-
ten in den Kleinbus geladen. Einzelne Biologen erkannten
und begrüßten sich. Monique hatte noch kein Wort mit der
neben ihr sitzenden rundbrüstigen Frau gewechselt. Als die
Frau nun aufsprang, um ihren Busen gegen den einer anderen kräftigen Dame zu drücken, schlug Monique vor, den
Platz zu wechseln, sodass die Freundinnen nebeneinander-
sitzen könnten. Obwohl sie ihr Angebot ausschlugen, hör-
ten sie nicht auf zu schwatzen. Den Rest der Fahrt musste
sich Monique so weit wie möglich zurücklehnen, um zu verhindern, dass ihr Kopf zwischen vier enormen Titten einge-
klemmt wurde.

Sie mussten nicht weit fahren. Beim Kongresszentrum
standen noch einige weitere Kleinbusse auf dem Parkplatz.

Reinikainens Vortrag war interessant. Monique verstand bei
Weitem nicht alles, doch indem sie alles niederkritzelte, was
sie hörte, meinte sie doch eine Ahnung von den Grundlinien
und der Terminologie zu bekommen.

»Schreiben Sie alles auf?«, fragte der Mann neben ihr mit
deutschem Akzent. Er hatte sein Resthaar an der einen Seite
lang wachsen lassen und quer über seinen kahlen Schädel ge-
kämmt. Männer, die so etwas taten, starben noch schneller
aus als der Rote Thunfisch.

»So kann ich mich besser konzentrieren«, flüsterte Monique in der Absicht, das Gespräch damit zu beenden.

»Woher kommen Sie?«, wollte er wissen.

»Belgien.«

»Oh, Belgien!«

Monique wollte nicht über ihr Land reden. Auch nicht über Österreich, das seinige. Sie kannte diese Art von Gesprächen, bei denen man Banalitäten über Nationen und ihre Bewohner austauschte, die daraufhin bestätigt, widerlegt oder zurechtgefeilt wurden. Für so etwas konnte sie kein Interesse mehr heucheln. In der Zwischenzeit hatte sie bereits ein paar Minuten von Reinikainens Erkenntnissen verpasst.

»Wenn Sie nichts dagegen haben, werde ich jetzt noch ein bisschen zuhören«, sagte sie so geduldig wie möglich. »Ich bin keine Wissenschaftlerin und muss mich konzentrieren, um mitzukommen.«

Nachdem der Österreicher erfahren hatte, dass sie einer anderen Berufswelt angehörte, war seine Neugier erst recht geweckt, doch er riss sich zusammen und wandte seinen Kopf mit einem verständnisvollen Nicken wieder Reinikainen zu.

Beim Abendessen saß er ihr schräg gegenüber. Die dünnen, langen Haare, die er so gekonnt mit Haarlack auf sein kahles Schädeldach geklebt hatte, lösten sich jetzt von seinem Kopf ab wie der Deckel eines Pedaleimers. Es würde nicht mehr lange dauern, und dieser Deckel würde horizontal neben seiner Schläfe hängen, wie der Schopf eines anderen, auf dem Kopf stehenden Mannes.

Beim Nachtisch erkundigte sich die Frau neben Monique, ob sie die Schriftstellerin sei, und dabei leuchteten die Augen des Österreichers auf. Monique klärte sie darüber auf, dass sie die literarische Welt hinter sich gelassen habe. In den vergangenen Monaten habe sie ausschließlich Texte über Fische gelesen. Von Artikeln für ein breiteres Publikum bis zu knochentrockenem Stoff, der für nicht mehr als ein Dutzend Eingeweihte bestimmt war. Obwohl sie die Anstrengung, die sie das gekostet hatte, manchmal als Last empfunden habe, sei nach und nach ihre Sehnsucht nach Statistiken, Ergebnissen und Zahlenmaterial immer stärker geworden. Einen ansehnlichen Teil ihres bisherigen Lebens habe sie mit dem Problematisieren fiktiver Situationen gefüllt. Sie habe in charakterologischen Grabungsarbeiten papierne Menschen entworfen und lange Zeit über rhythmischen und stilistischen Finessen gebrütet. Sie begreife immer weniger, warum sie das getan habe und was es der Welt gebracht habe. Es erscheine ihr so viel sinnvoller, auf Probleme hinzuweisen, auf ernüchternde Wahrheiten, die von Mal zu Mal durch neue Beweise erhärtet würden. So unendlich viel notwendiger sei es doch, die Welt über die Bedeutung der Fische aufzuklären, als wieder einmal über Einsamkeit und Sehnsucht zu schreiben.

»Aber so einen Beruf können sie doch nicht einfach aufgeben?« Der Österreicher hatte es so leidenschaftlich ausgerufen, dass sich sämtliche Blicke auf ihn richteten. Er spielte ein wenig mit seinem Kaffeelöffel und murmelte: »Würde ich jedenfalls meinen.«

Vorsichtig erkundigte man sich nach den Romanen, die sie geschrieben hatte. Monique antwortete knapp und log, dass bisher keiner davon übersetzt sei. Sie hoffte, dass niemand auf den Gedanken käme, eine Suche im Internet mit ihrem Namen durchzuführen. Geduldig verfolgte sie das Gespräch über denkwürdige Leseerfahrungen, das sich an einem Teil des Tisches entwickelte. Man wollte wissen, ob sie herausragende dänische, norwegische, polnische und litauische Autoren gelesen habe, und reagierte erfreut oder enttäuscht auf ihre Antworten. Die meisten Tischgenossen beichteten, dass sie in den letzten Jahren nicht mehr dazu gekommen seien, Belletristik zu lesen. Sie hätten Kinder, Verpflichtungen, seien rund um die Uhr beschäftigt, sie könnten wirklich nichts daran ändern, es sei nur Raum für die Realität. Monique betonte mehrmals, sie brauchten sich für nichts zu entschuldigen.

»Mein Ex hat auch keine Belletristik gelesen«, sagte sie zu ihrer eigenen Bestürzung. Das war etwas aus der Vergangenheit, etwas, was sie oft gesagt hatte, damals jedoch im Präsens und mit dem Wort »Freund«, manchmal auch »Mann«. An der Stelle, an der das kurze Wort »Ex« beim Heraustaumeln in ihre Kehlwand gestochen hatte, entstand eine Schwellung.

»Meiner liest zu viel«, sagte eine Frau am Ende des Tisches.

Es wurde gelacht, und jemand fragte Monique, ob er aus diesem Grund zu ihrem Ex geworden sei.

»Selbstverständlich«, antwortete sie mit gespieltem Ernst, was das Gelächter erneut entfachte. Jemand fragte, ob sie in ihren Büchern viel Humor einsetze.

Als man sich endlich Reinikainens Abwesenheit beim Abendessen zuwandte und schließlich bei der Ostsee landete, wurde Monique nicht mehr in die Gespräche einbezogen. Der Österreicher schien sie etwas Wichtiges fragen zu wollen, doch am Ende wollte er nur wissen, ob ihr der Nachtisch geschmeckt habe.

Vor dem Hotel sagte er: »Ich habe mich noch nicht vorgestellt. Ich heiße Oskar.« Nach einem schnellen Händedruck verschwand er in der Drehtür, als ergreife er vor etwas die Flucht.

Die Welt war noch nie so alt wie heute. Dasselbe gilt für mich, dachte Monique Champagne zwischen Schlaf und Wachsein.

Erst als sie die Augen öffnete, erinnerte sie sich an das Zimmer, das Hotel, die Stadt. Auch sah sie eine fette Fliege von der Fensterbank aus langsam auf sich zukommen. Schwankend, aufreizend dicht und mit einem dunklen Gebrumm strich das Insekt über Moniques rechtes Ohr hinweg. Sie schlug nicht nach ihm.

Sie wandte sich mit einem Ungestüm, das eher einem Geliebten zu gelten schien, dem abgewetzten Heft auf dem Nachttisch zu. Sie warf es auf ihr Kissen, beugte sich tief darüber und blätterte es bis zur ersten leeren Seite durch. Dann schrieb sie: »Die Welt war noch nie so alt wie heute.« Punkt. Sie nahm sich vor, den Satz zu verwenden, um über Fische zu sprechen.

Monique wickelte sich in einen Morgenmantel. Auf der Brusttasche prangte das Logo des Hotels. Wahrscheinlich hatten viele das Kleidungsstück vor ihr getragen, doch als sie ihre Nase in den Kragen grub, roch sie lediglich Waschpulver. Sie öffnete die Vorhänge. Auf dem Parkplatz liefen drei Männer aneinander vorbei, von denen zwei sich grüßten. Die Esten stiegen in ihre Wagen, ohne sie zu bemerken. Außerdem sah Monique ein Stück des gewaltigen Mauerrings, der die Bewohner schon seit Jahrhunderten gegen Angriffe schützte. Verteidigungswerke, dachte Monique. Weil sie nicht wusste, was sie mit dem Wort anfangen sollte, ließ sie es in die Luft aufsteigen, die farbloser war als am Vortag. In dieser Stadt war sie noch nie zuvor gewesen.

Während sie aus dem Fenster starrte, ging der Radiowecker los, den sie am Abend auf BBC World eingestellt hatte. Erschrocken fuhr sie herum, als das Zimmer von einem ohrenbetäubend lauten Interview überschwemmt wurde.

»Und macht es Sie glücklich?«, wollte ein Interviewer wissen. Eine Frau am Telefon kicherte. Monique antwortete in Gedanken, dass es nicht um Glück gehe, sondern um Einsatz, und schaltete das Radio aus.

Die Badewanne war für Liebende gemacht, sah sie. Das Abflussloch befand sich in der Mitte. Wannen mit seitlichem

Abfluss sind dafür gedacht, dass man allein drin sitzt. Oder um sich mit Geliebten zu streiten, die immer die bequemste Seite für sich beanspruchen. Monique suchte keinen Streit. Sie beschloss zu duschen. Das kostete weniger Trinkwasser, weniger Zeit und weniger Erinnerungen. Duschen hatte viele Vorteile.

Sie trocknete sich ab, kehrte dabei dem Spiegel den Rücken zu, vermied beim Zähneputzen den Augenkontakt mit ihrem Spiegelbild. Routinemäßige Handlungen brauchen keine Aufmerksamkeit oder Analyse, wusste Monique. Es genügt, sie täglich auf unwichtigen Listen anzukreuzen oder durchzustreichen.

Über ihre frische Unterwäsche zog sie die Kleider an, die sie gestern getragen hatte. Danach setzte sie sich auf das Bett. Das Bettzeug auf der linken Seite lag so regungslos und unversehrt da, dass sie vermied, es zu berühren. Weil der Frühstücksraum erst in einer halben Stunde öffnen würde, blätterte sie die Aufzeichnungen in ihrem Heft durch. Immer, wenn sie das tat, fiel ihr Blick als Erstes auf das Wort »Thunfisch«. Thunfisch in fetten Buchstaben, dreifach unterstrichen, und darunter: »ganz oben auf der Evolutionsleiter Fische – 80 km/h – jährliche Überquerung Atlantischer Ozean – warmblütig – Überfischung Roter Thunfisch Mittelmeer – im westlichen Teil des Atlantischen Ozeans vom Aussterben bedroht – Ringwadennetze – illegaler Fischfang«. Eine alte Aufzeichnung, jedoch eine, die mehr Beachtung in ihrem heutigen Vortrag verdiente. Über Thunfisch sollte so wenig wie möglich geschwiegen werden, fand Monique Champagne. Roter Thunfisch und Menschenaffen waren die am stärksten bedrohten Tierarten, das hatte der WWF erst vor Kurzem bekannt gegeben. Sie umrahmte das Wort mit einem Kasten.

Nach einem zweiten trägen Flug landete die dicke Fliege, die Monique beim Erwachen fast ins Gesicht geflogen war, auf ihrer Schulter. Monique versuchte, sie abzuschütteln, doch sie gewann den Eindruck, dass die Fliege die Bewegung als angenehm empfand. Kurz spürte sie, wie das Tierchen gegen ihren Daumen summte, als sie es auf den Boden wischte. Dort blieb es auf dem Rücken liegen. Monique konnte nicht anders, sie bot den zappelnden Beinchen mit der Unterseite ihres Heftes Halt und wurde von Ekel übermannt, als das Insekt darauf herumkroch. Sie öffnete das Fenster, und die Fliege brummte davon.

Auf dem Weg nach unten musste sie den Aufzug mit dem österreichischen Biologen teilen, den sie im Verdacht hatte, sie abgepasst zu haben. Er hielt eine braune, abgewetzte Aktentasche an sich gedrückt und hatte seine Haare wieder gezähmt. Monique fragte sich, wie lange er dafür brauchte und was er dabei dachte. Ob er seine Gene verfluchte, jeden Morgen aufs Neue.

»Aha, die Autorin!«, rief er aus, als sie den Aufzug betrat.

»Tag, Oskar«, sagte Monique. Der Knopf neben der Aufschrift »Breakfast Room« war schon eingedrückt, sah sie.

»Und?«, fragte Oskar, wonach er so tat, als spiele er auf einem Klavier.

»Was meinen Sie genau?«, fragte Monique, als seine molligen Finger wieder zur Ruhe kamen.

»Wirklich nichts mehr geschrieben?«

»Nein.«

»Aber Sie haben doch die Absicht, es wieder zu tun? Irgendwann?«

»Ich bearbeite meinen Text über Fische.«

»Sie verändern ihn noch? Aber er war doch prima, so wie er war. Erfrischend. Ich habe ihn gelesen.«

»Wo?«

»Im Internet. Auf Holländisch, deshalb habe ich nicht alles verstanden, aber ...«

»Ich möchte ihn ständig weiter verbessern«, antwortete Monique knapp. Es wunderte sie, dass er ihren Artikel gelesen hatte. Sie wollte lieber nicht wissen, ob er auch Informationen über sie gesammelt hatte.

»Sie arbeiten also nicht an einem neuen Roman?«

Sie schüttelte den Kopf und überlegte kurz, ob sie durch die zur Seite gleitenden Aufzugtüren stürmen und schnell vor diesem Mann wegrennen sollte. Es lag an ihrer Ausstrahlung. Sie wirkte zu ansprechbar, zu harmlos. Niemand hatte Angst vor ihr. Statt zu fliehen, begleitete sie ihn zum Frühstücksraum, gelähmt durch seine Unbeholfenheit, durch seine Haare.

Abgesehen von einem gierigen Alten waren sie die Ersten, die sich einen Teller vom Stapel nahmen. Er war noch warm. Oskar stürzte sich auf die Schüssel mit Rühreiern, danach auf die mit Bohnen in Tomatensoße. Monique beschränkte sich auf Müsli mit Joghurt. Als sie sah, dass der Österreicher sehnsüchtig auf die Platte mit Räucherlachs starrte, ließ sie die Bemerkung fallen, es handle sich mit Sicherheit nicht um Pazifik-Lachs aus den Vereinigten Staaten oder von der kanadischen Westküste. Garantiert kein Lachs mit MSC-Label. Er nickte ertappt und griff sich widerwillig eine Banane aus der Obstschale.

»Essen Sie denn noch Fisch?«, fragte Oskar und fügte sofort hinzu: »Erlaubten Fisch, meine ich natürlich.«

»Nie«, antwortete Monique.

»Auch keinen Tilapia?«

»Nein.«

»Das ist vielleicht auch das Beste.«

»Nicht jeder Tilapia ist in Ordnung.«

»Bestimmt nicht.«

Sie fragten sich gegenseitig, wohin sie sich setzen sollten. Wäre sie allein gewesen, hätte sich Monique eine unauffällige Ecke im Frühstücksraum ausgesucht. Nun entschied sie sich für das Ende eines langen Tisches, dann konnten die restlichen Vortragenden, die in diesem Hotel untergebracht waren, sich einfach dazusetzen.

»Worüber geht Ihr Vortrag?«, fragte sie ihren Tischnachbarn. Ihre Frage verfolgte in erster Linie den Zweck, ihn für einen Augenblick am Bohnenschlürfen zu hindern.

»Wollen Sie das wirklich wissen?« Seine Verwunderung wirkte aufrichtig.

Monique nickte aufmunternd.

»DNA-Synthese nach Kontamination mit Schwermetallen in den Testikeln des Dornhais.«

»Sehr interessant«, sagte Monique, und weil er sie etwas unsicher ansah, fügte sie hinzu: »Nein, im Ernst.« Es war ihre vollkommen ehrliche Meinung. Dies war ein guter Mann. Ein gemeinsamer Kampf verband sie. Dass er jetzt tief über seinem Teller hing, um Ei aufzusaugen, spielte nicht die geringste Rolle. Dass er sie über seinem mahlenden Mund bewundernd ansah, auch nicht. Dass diese Szene eine Wiederholung von gestern Abend war, ebenso wenig.

Monique winkte kurz der riesenhaften Blondine zu, die gestern beim Abendessen neben ihr gesessen hatte. Die Frau sah sie nicht, lachte schallend in das Handy, das sie an ihr Ohr gedrückt hielt, und stiefelte fröhlich wieder aus dem Frühstücksraum hinaus.

»Kaffee?«, fragte ein mürrisches Mädchen mit einer weißen Schürze. Sie war unbemerkt an den Tisch geschlichen.

Monique hielt ihr die Tasse hin. Das Mädchen riss sie ihr

aus der Hand und stellte sie unsanft wieder auf die Untertasse, bevor sie einschenkte.

Monique murmelte: »Sorry.«

Sie entschuldigte sich oft. Sie entschuldigte sich, wenn sie unhörbar aufstieß oder sich selbst beim Fingertrommeln ertappte. »Entschuldigung«, sagte sie zu Haustieren, über die sie stolperte, zu Bettkanten, gegen die sie mit den Zehen stieß. Sie entschuldigte sich, wenn jemand sie zu Unrecht unhöflich behandelte, sie kränkte oder sie verließ.

»Was für eine ungezogene Göre. Sie hätten sich überhaupt nicht zu entschuldigen brauchen.« Oskars Augen musterten sie noch neugieriger als zuvor. Fast schon unverfroren. Er sah aus wie jemand, der hinter brennenden Lippen eine juckende Frage versteckt.

Monique wollte allein sein in einem anonymen Zimmer. Der Kaffee war jedoch zu heiß, als dass man ihn schnell hätte austrinken können. Also wartete sie und sah zu, wie eine internationale Gesellschaft von Biologen sich tröpfchenweise auf die Tische verteilte.

Gerade als sie aufstehen wollte, sagte Oskar: »Ich habe auch einen Roman geschrieben.«

»Ach ja?«

Natürlich wollte er, dass sie ihn fragte, worüber, doch Monique hielt ihren Mund. Lieber sein Geschlürfe ertragen, als eine solche Gesprächswendung.

»Es ist natürlich kein Musil«, sagte er, »aber es wäre mir eine große Ehre, wenn Sie ihn lesen würden. Ich kenne keinen einzigen anderen Schriftsteller.«

Monique wollte ihn darauf hinweisen, dass er auch sie nicht kenne, und noch einmal wiederholen, dass sie nicht mehr schreibe, doch er fuhr sogleich fort: »Ihr Werk ist sehr wohl übersetzt worden. Ich habe es gelesen.«

»Aha«, sagte Monique. Wann hatte er ihr Werk gelesen? Hatte er gestern nur so getan, als höre er zum ersten Mal davon, dass sie schrieb?

»Ich weiß nicht, ob es gut übersetzt ist«, sagte sie. Das brachte sie auf einen Gedanken. Eine Spur zu erleichtert fuhr sie fort: »Ich lese übrigens kein Deutsch. Ihr Manuskript ...«

»Ich habe selbst für eine englische Fassung gesorgt, für den amerikanischen Markt. Österreich darf nicht das Endziel sein.« Oskar strahlte. Monique begann zu vermuten, dass sie es mit einem schüchternen Größenwahnsinnigen zu tun habe.

»Hören Sie«, sagte sie vorsichtig, »ich bin auch kein Musil, ich habe mit dem Schreiben aufgehört. Und Meinungen abgeben, darin bin ich nicht so gut.«

Er presste die Lippen zusammen und griff hastig nach seiner Aktentasche, als würde er eine Waffe daraus hervorholen, mit der er den Frühstücksraum in ein Schlachtfeld verwandeln würde. Stattdessen hielt er ihr einen Stapel Papier unter die Nase. Es war kein dicker Stapel, sah Monique, eher eine Erzählung.

»Werden Sie es lesen?« Er fragte es so vehement flehentlich, dass sie das Bündel schnell annahm, in der Hoffnung, ihn damit wenigstens für eine Weile zu beruhigen.

»Das wird ein bisschen Zeit brauchen«, sagte sie. »Ich weiß nicht, wann ich Ihnen Rückmeldung geben kann. Kann ich Ihnen eine E-Mail schicken?«

»Oh, eine E-Mail wird nicht nötig sein«, sagte Oskar. »Ich werde Sie doch bald wieder auf einem ichthyologischen Kongress sehen, oder nicht?«

Monique nickte unschlüssig, und Oskar atmete erleichtert auf.

In ihrem Hotelzimmer gelang es ihr nicht, sein Manuskript, das sie über den Papierkorb hielt, loszulassen. Ungewollt wurde sie von Mitleid überschwemmt, als sie den Nachnamen des Autors las. Er hieß Wanker. Oskar Wanker. Sie hatte schon das Gefühl gehabt, dass einige der Kongressbesucher verstohlen grinsend auf sein Namensschild geschaut hatten. Über seinen Namen hatte Oskar in Großbuchstaben DER INNERE SCHNEEMANN getippt. Es irritierte Monique, dass der Titel ihre Neugier weckte. Als Kompromiss legte sie das Manuskript neben dem Papierkorb auf den Boden. Seufzend setzte sie sich wieder auf das Bett.

Ihr Trödeln hatte zur Folge, dass sie als Letzte im Kleinbus Platz nahm. Sie unterdrückte das Bedürfnis, sich zu entschuldigen, und tat so, als bemerkte sie nicht, dass Oskar im hinteren Teil einen Platz für sie frei hielt.

Kurz darauf lief sie an ihm vorbei, auf dem Weg zum Eingang des Gebäudes, der mit Fahnen und Transparenten geschmückt war, auf denen 8th CONGRESS OF ICHTHYO-LOGY zu lesen stand. Monique fragte sich nervös, woher Nootjes eigentlich die Überzeugung nahm, dass in wissenschaftlichen Kreisen ein Bedürfnis nach mehr Emotion bestehe. Sie hätte ihm mehr kritische Fragen stellen müssen. Möglicherweise würde ihr Vortrag einigen Biologen vage und albern vorkommen. Wissenschaftler waren selten begierig auf literarische Betrachtungen. Monique hatte dafür Verständnis.

Sie hoffte, die wissenschaftliche Welt würde sie umarmen, so wie sie die wissenschaftliche Welt umarmt hatte. Doch selbst wenn das nicht geschehen sollte, so nahm sie sich tapfer vor, selbst wenn kollektiv gegähnt, gelacht oder geschimpft würde, würde sie trotzdem weitermachen, im Namen der Fische. Auf der Stelle beschloss sie, dass sie über meditative

Studien hinaus auch zu zielgerichteten, gefährlichen Aktionen bereit sei. Schließlich tat sie dies nicht für sich selbst.

Menschen,

Monique breitete die Blätter, die sie als Gedächtnisstütze benutzen wollte, auf dem Rednerpult aus. Sie hatte hin und her überlegt, ob sie ihren Vortrag unter den gegebenen Umständen besser mit »Sehr geehrte Wissenschaftler« einleiten sollte, war am Ende aber bei dem umfassenderen »Menschen« geblieben, denn diese Anrede verringerte den Abstand zwischen ihr und dem Publikum. Kaum ein Zehntel des Auditoriums war mit Interessierten gefüllt, doch darüber grämte sich Monique nicht. Da verschiedene Vorträge gleichzeitig gehalten wurden, hätte sie sich auch nicht gewundert, einen leeren Saal vorzufinden.

Vergessen Sie Ihr Haus. Vergessen Sie das Spielzeug, das in Ihren Kinderhänden kaputtging, und die Filme, die Sie ein zweites Mal gesehen haben. Vergessen Sie die Regierung Ihres Landes und alle Hauptstädte, die Sie auswendig gelernt haben. Lassen Sie Ihre Einkäufe im Supermarkt, denken Sie nicht an Ihre streikenden Küchenapparate, zerreißen Sie Ihre Rentenversicherung. Nehmen Sie einen Zug. Vergessen Sie Ihr Gepäck. Steigen Sie aus. Vergessen Sie den Zug. Gehen Sie. Vergessen Sie Ihre Sprache. Richten Sie Ihren Blick auf den Horizont. Gehen Sie ans Meer. Gehen Sie ins Meer hinein. Gehen Sie unter.

Erinnern Sie sich an das Wasser, wie es den Hintergrund bildet, vor dem Ihr Leben erzählt werden kann. Wie Sie mit Ihrem zarten Babyfüßchen auf eine Welle traten, wie Ihre Luftmatratze durch wilde Flüsse fortgetrieben wurde, wie

Sie flache Kiesel über regungslose Seen hüpfen ließen. Erin-
nern Sie sich, dass Sie auf jeder Reise nach ihm gesucht haben.
Dass Sie das Meer noch einmal sehen wollten, bevor Sie
schlafen gingen, bevor Sie zum Flughafen fuhren. Erinnern
Sie sich an die Küsse unter Wasser. Erinnern Sie sich daran,
wie Ihr Herz pochte, als Sie hinter dem Gebüsch, hinter der
Düne, einen Wasserfall entdeckten. Das Wasser ist alles,
was Sie sich merken müssen. Sie bestehen aus ihm, sind aus
ihm entstanden und wollen immer wieder zu ihm zurück-
kehren. Sie haben es nicht vergessen. Gehen Sie unter.

Vor dreihundertfünfundsiebzig Millionen Jahren kroch
der Tiktaalik ans Ufer. Der Fisch mit Beinen, der Startschuss
für tierisches Leben auf dem Festland. Finden Sie ihn wieder
in den Knöchelchen Ihrer Hand, gespeichert in Ihren Genen,
versteckt hinter der Haut Ihres Gesichts und Ihres Halses.
Drücken Sie Ihre Füße in den nassen Sand, rudern Sie mit
den Armen in der Luft über Ihrem Kopf. Bewegen Sie Ihre
Finger, als wollten Sie etwas verzaubern, wibbeln Sie Ihre
Zehen warm. Beißen Sie Ihre zurückverfolgbaren Zähne
aufeinander. Lauschen Sie auf die Wellen, und danken Sie
den Strukturen, die aus Ihrem zweiten Kiemenbogen
entstanden. Folgen Sie der Spur Ihrer Knochen bis zum Meer.
Es steckt ein Fisch in Ihnen. Gehen Sie unter. Denn heute
vermissen Sie das Wasser. Heute sind Sie der Ambulocetus,
jenes Landtier, das zum Wal wurde und ins Meer zurück-
kehrte. Schwimmen Sie den Fischen entgegen. Gehen Sie
unter.

Verändern Sie Ihre Gestalt zwischen salzig und süß.
Schwimmen Sie mit einer Makrele mit, kitzeln Sie die
Rückenflossen eines zwei Meter langen Kabeljaus, folgen Sie
einem Wittling. Sehen Sie sich vom Grund aus einen über
Sie hinwegschwimmenden Schwarm Sprotten an, streicheln

*Sie eine Languste, machen Sie Luftblasen angesichts einer
Seezunge. Trudeln Sie an einer Meerbarbe vorbei, dann an
einem Thunfisch. Ruhen Sie sich auf dem rauen, rauten-
förmigen Rücken eines Rochens aus. Folgen Sie der Flanke des
höchsten Unterwasserbergs, gelangen Sie in das Reich,
wo Finsternis und Kälte herrschen, durchsichtige Tanzkleider,
in alle Richtungen ausgreifende Tentakel, zauberhafte
Gelatinepakete, Körper wie Kirmeslandschaften. Tauchen Sie
tiefer.*

*Flossenlose Haie verbluten auf abgekratzten Böden. Bei-
fang wird von scharfen Wänden eingeschlossen. Schildkröten
verstricken sich in Netzen. Gift und Dynamit überfallen die
reichsten Korallenbänke. Es gibt Software, um den letzten
Thunfischschwarm aufzuspüren, aber es gibt keine Methode,
um Fische zum Leben zu erwecken. Die Zerstörung reicht in
unauslotbare Tiefen. Doch der Mensch fischt tiefer, weiter,
mehr. Fischer gehen zur Wahl, Fische nicht.*

*Das Leben ist im Meer entstanden. Die Meere sind beinahe
leer. Dies ist ein Abschluss, ein Ende.*

*Wenden Sie Ihr Ende ab. Retten Sie die Fische, die Welt
und sich selbst. Gehen Sie unter.*

Während Monique gesprochen hatte, schienen die Wörter für
sie flüssig geworden zu sein und das Publikum abwesend. Als
sie nun aus ihrer Unterwassertrance auftauchte und wieder
Land gewann, blickte sie etwas verwundert auf ihre Zuhörer.
Die schienen sich nicht ganz sicher zu sein, ob ihre Rede, die
kaum fünf Minuten gedauert hatte, zu Ende war. Langsam
kam ein Applaus in Gang, der anschwoll und ziemlich lange
dauerte.

»Danke«, sagte Monique Champagne. Sie machte eine has-
tige Verbeugung, wobei sie dem Mikrofon einen sanften

Kopfstoß verpasste, und eilte durch die seitliche Tür neben dem Rednerpult hinaus. Das war nicht schlecht gelaufen, befand sie. Sie war froh, dass sie ihrem Text schließlich doch nichts mehr hinzugefügt und ganz zuletzt sogar noch eine Passage gestrichen hatte.

Weil die übrigen Vorträge noch voll im Gange waren und sie wenig Lust verspürte, mit ihren Zuhörern konfrontiert zu werden, verließ Monique das Gebäude und ging auf die Straße. Sie hatte Durst, konnte jedoch weit und breit keinen Laden oder Kiosk entdecken. Deshalb setzte sie sich an einer Bushaltestelle auf die Bank. Sie ignorierte die sanft abbremsenden Busse, rauchte fünf Zigaretten nacheinander und schaute in die Luft. In einer der Wolken steckte eine Schildkröte. Besser eine Wolke als ein zurückgelassenes Netz, fand Monique. Manchmal lebten die Tiere noch jahrelang mit so einem Geisternetz um sich herum, doch es verstümmelte sie immer weiter, ließ sich nie ganz abschütteln und führte schließlich zu ihrem Tod. »Geisternetz«. Das Wort berührte sie, fühlte sich vertraut an. Es schien etwas zu erklären. Monique schrieb es sorgfältig in ihr Heft.

Als sie langsam zum Kongresszentrum zurücklief, wurde sie von einer Frau mit millimeterkurz geschnittenen Haaren eingeholt. Sie packte Monique an der Schulter, drehte sie zu sich um und sah sie mit einem schiefen, äußerst begeisterten Gesichtsausdruck an. Ein Clown, war das Erste, was Monique durch den Kopf ging.

»Dass du hier bist!«, rief die Frau.

»Hey!«, rief Monique zurück. Sie vermutete, dass ihr schlechtes Gedächtnis für Gesichter ihr wieder einen Streich spielte. Hatte diese fast kahle Frau ihre Haare früher lang getragen?

»Wie geht's?«, fragte die Frau. Sie sprach Englisch mit einem Akzent, der sich nicht unmittelbar einordnen ließ.

»Prima«, sagte Monique lachend, »und dir?«

»Gut. Und der Kleine?«

»Klein!«, antwortete Monique.

Sie hatte keinen Kleinen, und es gab nicht die geringste Verbindung zu dieser Frau.

Das Lachen der anderen endete in einem Hustenanfall. Sie sagte, Monique habe sich nicht im Geringsten verändert, und behauptete sogar, dass sie ihren Humor sehr vermisst habe.

Monique wies grinsend auf das Kongressgebäude und sagte, dass sie jetzt leider weitermüsse.

»Gehst du heute Abend noch in die Stadt?«

»Ich muss morgen sehr früh raus«, sagte Monique. Weil die Frau so enttäuscht dreinblickte, setzte sie nach: »Gut, aber nur auf ein Gläschen.«

Die Frau beschrieb ihr detailliert den Weg zu einem Weinhaus. Monique nickte und versprach, sich dort um neun Uhr abends einzufinden. Danach hustete die Frau noch ein weiteres Mal und fluchte, sie müsse dringend mit dem Rauchen aufhören. Monique sagte, dass das auch für sie gelte.

»Ach, hast du etwa wieder angefangen?«, sagte ihre Gesprächspartnerin in klagendem Ton.

»Nach anderthalb Jahren«, antwortete Monique wahrheitsgemäß.

Sie äußerten beide ihr Bedauern darüber und küssten sich auf beide Wangen.

»Bis heute Abend, Stefanie!«, grölte ihr die Frau noch nach.

Während sie einem Vortrag mit dem Titel *Auswirkungen subletaler Konzentrationen von Salmiakgeist sowie von Hypoxie auf das Schwimmverhalten des Bachsaiblings* lauschte, verspürte Monique eine große Enttäuschung über sich selbst. Es gelang ihr nicht, ihre Aufmerksamkeit länger als fünf aufeinanderfolgende Sekunden auf den vortragenden Professor zu richten. Die Einträge in ihrem Heft beschränkten sich auf das eine unterstrichene Wort »Forelle«. Es tröstete sie nicht, dass sie drei Zuhörer zählte, deren Schnarchen die leise, monotone Stimme zu übertönen drohte, und dass viele andere sich sichtlich verbissen darum bemühten, das Zuklappen ihrer schweren Augenlider zu verhindern. Auch dass der Atem Oskars, der sich neben sie gesetzt hatte, immer lauter zu hören war, störte sie. Dies konnte nicht der Zweck eines ichthyologischen Kongresses sein. Ihr eigener Vortrag hatte kein Geschnarche verursacht, das war immerhin beruhigend.

Immer wieder schweiften ihre Gedanken zu der unbekannten Frau ab, die sie soeben angesprochen hatte. Gehörte sie auch zu der Gruppe von Wissenschaftlern? Stefanie, die Doppelgängerin, für die sie gehalten wurde, weckte ihre Neugier. Monique fragte sich, ob Stefanie glücklich sei. Und ob Thomas, würde er Stefanie auf der Straße begegnen, sie für Monique hielte. Ob er sie aufhalten würde. Ob er begreifen würde, wie sehr er sie vermisst hatte.

Bei diesen Gedanken biss Monique besonders hart auf ihren Kugelschreiber. Sie bemerkte es erst, als sie spürte, wie die schwarze Tinte in ihren Mund strömte. Natürlich hatte sie nichts dabei, um sich den Mund abzuwischen. Sie weckte Oskar, der die erste Verwirrung abschüttelte und ein lachsfarbenes Papiertaschentuch entfaltete, das er ihr höflich anbot.

Zwischen zwei Vorträgen besah sich Monique den Schaden vor einem Waschbecken in der Toilette. Sie putzte und spülte die Tinte so gut es ging weg. Den Seifengeschmack, der in ihrem Mund zurückblieb, hatte sie verdient. Sie hätte nicht an ihn denken dürfen.

In den folgenden anderthalb Stunden schrieb sie eifrig
alles nieder, was ein Vertreter des WWF dem gut gefüllten
Auditorium zu erzählen hatte. »Aquakultur nur in einzelnen Formen vertretbar. Birgt doch viele Gefahren«, schrieb
Monique. Darunter setzte sie neben jeden Spiegelstrich einen
der Nachteile von Zuchtfisch. Wieder unterstrich sie das Wort
Thun, denn bei der Thunfischzucht waren die Auswirkungen
am verheerendsten.

Im Bus, der sie zum Hotel zurückbrachte, gratulierte ihr
ein Mann, ein Türke, vermutete sie, zu ihrer Lesung. Er fand
sie poetisch, doch etwas kurz. »Machen Sie Ihre Rede ein bisschen länger«, riet er ihr. Monique nickte treudoof und entgegnete nichts. Es war nicht schlimm, dass kein einziger von
den übrigen Zuhörern ihr sagte, sie habe ihre Sache gut gemacht. Selbst Oskar nicht. Sie fragte sich, ob sie Nootjes anrufen und welche ersten Eindrücke sie ihm dann schildern
sollte.

An diesem Abend war kein gemeinsames Essen vorgesehen. Das kam ihr sehr gelegen. Monique hatte keinen Hunger. Lange Zeit blies sie Zigarettenrauch durch einen Fenster-
spalt des rauchfreien Zimmers in die dunkler werdende Luft,
stellte ihren Wecker für den nächsten Tag und las ihre Aufzeichnungen noch einmal durch. Bei einem Versuch, die Kissen auf dem Bett zu einem bequemen Sofa zu gruppieren,
lehnte sie sich aus Versehen auf die Fernbedienung, worauf-
hin der Fernseher ansprang. Auf dem Bildschirm schluckte
Nigella Lawson selbst zubereiteten Thunfischcarpaccio hinunter. Darauf ließ sie ein Stöhnen folgen, welches Anlass
zu der Vermutung gab, der vom Aussterben bedrohte Fisch
habe sie erotisch stimuliert. Hexe, dachte Monique Champagne. Wutentbrannt zappte sie Nigella weg. Sie sah sich er-
starrt eine Sitcom an, bis sie Angst bekam wegen des Geläch-

ters vom Band, das sich immer mehr anhörte wie viele Quadratmeter Glas, die irgendwo zertrümmert wurden.

In zehn Minuten würde jene Frau, die sie für Stefanie hielt, in einem Tallinner Weinhaus auf sie warten.

Monique Champagne überlegte, ob sie einen Abendspaziergang zum Meer unternehmen sollte, doch die unsichere Entfernung, der kühle Wind und das schwindende Tageslicht ließen sie zögern. Sie zog ihre Schuhe an, dann wieder aus, und bekam einen solchen Hass auf ihre Unentschlossenheit, dass sie das Zimmer schließlich zu leicht bekleidet und in großer Eile verließ.

Auf der Straße studierte sie bibbernd den Stadtplan, den sie an der Hotelrezeption erhalten hatte. Nachdem sie hundert Meter in eine bestimmte Richtung gelaufen war, entfaltete sie den Wirrwarr von Straßen erneut und blickte länger darauf. Sie ging zurück, steckte den Plan in ihren Rucksack und fragte einen Passanten nach dem Weg.

Sie war noch nicht sehr weit gelaufen, als sie an einer Fassade MIHKEL'S WINEBAR las. Zögernd überquerte sie den Zebrastreifen. Dicht bei dem Fenster, durch das sie in das Lokal spähte, saß die Frau. Sie bemerkte Monique nicht, weil sie mit ihrem Handy beschäftigt war. Wahrscheinlich überprüfte sie, wie viele Minuten sie schon wartete. Als sie plötzlich aufblickte, konnte Monique unmöglich noch schnell wegtauchen. Sie winkte fröhlich zurück und betrat das Lokal.

»Ich wollte dir gerade eine SMS schicken«, sagte die Frau mit leicht strafendem Unterton, als sich Monique ihr gegenübersetzte.

»Meine Telefonnummer hat sich geändert.« Monique wunderte sich über die Ruhe, mit der sie die Zahlen diktierte. Stefanie würde einstweilen keine Anrufe bekommen.

»Zweiunddreißig?« Wie eine dicke Raupe krümmte sich eine Augenbraue der Frau nach oben.

»Mittlerweile dreiunddreißig«, sagte Monique.

»Nein, die Landesvorwahl deiner Telefonnummer. Wohnst du nicht mehr in Holland?«

»Belgien«, sagte Monique. »Ich bin umgezogen.«

Zunächst etwas unwillig, doch dann immer ausführlicher erklärte sie ihren angeblichen Umzug. Sie wusste immer noch nicht, wie diese Frau hieß und wie gut sie die echte Stefanie kannte. Monique Champagne schrieb keine Romane mehr, doch sie tauchte mit klopfendem Herzen in den Lebenslauf ein, den sie für sich selbst ersann. Es ging alles erstaunlich gut. Geradezu abstoßend bürgerlich, ihr Glück, doch der Frau schien das zu gefallen. Stefanies Freund, ihr Mann mittlerweile, hatte eine Stelle in Belgien gefunden. Der Schulunterricht war dort besser. Für den Kleinen sei das nur gut. Ihr neues Haus roch nach Freude.

»Eigentlich habe ich mir das nie vorstellen können, du, mit Mann und Kind. Aber als ich vor fünf Jahren gesehen habe, wie verliebt du warst, und dann letztes Jahr diese Geburtsanzeige, da hab ich gedacht: *Way to go,* Stefanie! Und wie geht es Leon?«

Monique konnte aus ihren Worten nicht schließen, ob Leon Stefanies Mann oder Kind war.

»Ich habe noch nie jemanden so geliebt wie meinen Mann und mein Kind«, sagte sie. »Das hat mich sehr verändert.«

Sie erzählte, wie toll und liebenswert sie ihren Mann noch immer finde. Wie viel Freude sie aneinander hätten, besonders auf gemeinsamen Reisen, aber auch zu Hause, wenn er sie kitzle und sie seine überempfindlichen Brustwarzen mit Eis bedrohe. Wie sehr sie beide das Baby liebten. Was das Baby alles könne.

47

Die Frau schien es nicht so seltsam zu finden wie Monique, dass sie Vornamen vermied und immer nur von »meinem Mann« und »meinem Kind« sprach.

»Dass du mich sofort erkannt hast«, sagte sie leise, »das hätte ich nicht erwartet. Mit meinen Haaren.«

Sie fuhr sich entschuldigend über ihren Stoppelschädel. Sie trauert, dachte Monique. Das war ihr bisher noch nicht aufgefallen.

»Steht dir gut. Außerdem praktisch, kann ich mir vorstellen.«

Die Frau schnaubte kurz und sagte: »Es war einfach nur aus purer Verzweiflung.«

Verlassen, dachte Monique. Oder er ist gestorben, das könnte auch sein.

»Was ist passiert?«, fragte sie.

»Es geht mir zurzeit nicht gerade gut. Scheidung und so. Ich habe mich wirklich zwingen müssen, hierherzukommen, und vermeide die gemeinsamen Abendessen und dergleichen lieber.«

Wie um den Rest ihrer Geschichte zu verscheuchen, wedelte die Frau abwehrend mit den Händen. Sie stand auf und deutete auf Moniques leeres Glas.

»Dasselbe«, murmelte Monique.

Als zwei neue Gläser Chardonnay vor ihnen standen, sah sie ihrer Gesprächspartnerin ins Gesicht.

»Reden wir lieber über Fische«, sagte Monique.

Die Frau war viel schöner, wenn sie lachte.

Der Rest ihres Gesprächs förderte noch drei wichtige Anhaltspunkte zutage. Eine knappe Viertelstunde bevor sie das Lokal verließen, kam Monique dahinter, dass die Frau Michaela hieß. »Ich hab gedacht: Wach bleiben, Michaela«, hatte sie gesagt, als sie sich über einen einschläfernden Vortrag unterhalten hatten. Ein deutlicher Hinweis auf ihre Herkunft war dieser Name nicht, doch Monique tippte auf ein osteuropäisches Land. Auch ihr Akzent deutete in diese Richtung.

Darüber hinaus hatte sich ergeben, dass Michaela und Stefanie sich vor langer Zeit in Sevilla ins Herz geschlossen hatten, wo beide ein Jahr lang studierten. »Wir waren noch so jung damals«, hatte Michaela geseufzt, und Monique hatte ihr mit einem Schmollmund beigepflichtet. Danach sagte Michaela mit in die Luft gerecktem Finger noch etwas Leidenschaftliches auf Spanisch, und Monique, die diese Sprache nicht beherrschte, antwortete mit einem Faustschlag auf die Tischplatte: »Sí!« Worauf sie beide lachten.

Die Frau nannte es unglaublich, dass Stefanie aus halb literarischen Gründen hierher eingeladen worden war, doch es wirkte offenbar nicht unglaubwürdig auf sie. Sie schien Stefanie viel zuzutrauen. Dass Michaela Meeresbiologin war, hatte Monique bereits vermutet. Sie wusste alles über Kabeljau. Dass sie ihr möglicherweise noch mehrfach bei künftigen Kongressen über den Weg laufen würde, wurde ihr erst jetzt bewusst. Sie ließ kein Gefühl von Abneigung oder Begeisterung zu und versuchte, den ganzen Vorfall unwichtig zu finden. Schließlich ging es nicht um Fisch.

Sie spazierten an diesem Abend noch zum Hafen, die beiden Freundinnen, und blickten auf die beleuchteten Schiffe in der Ferne. Monique hatte schon immer mit Vorliebe still am Wasser gestanden, und sie wollte diese Ausstülpung der Ostsee schweigend in sich aufnehmen. Sprechen war außerdem wegen ihrer falschen Identität mit einigen Risiken verbunden. Dennoch sah sie Michaela von der Seite an, mit dem dringenden Bedürfnis, ihr etwas zu sagen. Sie hätte es aussprechen können. »Ich bin nicht Stefanie. Ich weiß nicht, wer du bist.« Sofort und unwiderruflich. Möglich. Oder aber etwas Wahres, mit dem keine Gefühlsregung verbunden war. Das ging auch.

»Dreihundertsiebenundsiebzig Kubikkilometer Wasser«, sagte Monique.

Michaela zog ihre Strickmütze etwas nach hinten und lächelte. »Nicht so viel für ein Meer.«

Ich bleibe Stefanie, dachte Monique.

»Glaubst du, dass irgendwann Schluss ist?«, fragte Michaela mit leicht schelmischem Unterton.

»Womit?«

»Mit der Welt. Oder der Menschheit.«

»Natürlich«, sagte Monique. »Wenn die Meere leer sind.«

»Bist du deshalb hier?«

»Ich will das Ende abwenden, ja«, sagte Monique. »Ich finde, dass die Welt weiter bestehen muss. Damit das Leben sich immer weiter fortpflanzt.« Ihr Ernst schien sich auf Michaela zu übertragen.

»Wenn ich früher so etwas ausgesprochen habe, hast du mich eine Memme geschimpft. Du wolltest Karriere in der Petrochemie machen!«, sagte Michaela. »Du hast dich wirklich verändert. Und auf der anderen Seite auch wieder nicht.«

Die beleuchteten Schiffe schienen sich alle nicht von der Stelle gerührt zu haben.

»Komm«, sagte Monique, »lass uns gehen.«

Michaela verabschiedete sich mit ein paar Worten über ein frohes Wiedersehen. Darauf folgte eine Umarmung, die Monique nicht unberührt ließ. Sie fand es angenehm, Stefanie zu sein, und träumte von sanftmütigen Seesternen.

Am nächsten Morgen stieg Monique ausgeruht in ein Taxi zum Flughafen von Tallinn.

Der Fahrer, der nicht wie ein Este aussah, seufzte immer

vernehmlicher. Es schien ihn zu stören, dass sie ständig zur Seite schaute, in der Hoffnung, zwischen den Türmen noch einen letzten Blick auf die Ostsee werfen zu können.

»Haben Sie Kinder?«, fragte er laut.

»Nein«, sagte Monique.

»Das hab ich mir gedacht«, sagte er so spitz, dass Monique erschrocken zu ihm hinsah.

»Warum?«

»Menschen ohne Kinder beschäftigen sich nur mit sich selbst«, sagte er. Bevor Monique darauf hinweisen konnte, dass er sie nicht kenne, stellte er ihr seine Familienmitglieder vor, die in Form von Fotos das Armaturenbrett zierten. Seine Frau übertreffe alles an Perfektion. Die Kleinste sei sein Augapfel. Die beiden älteren Kinder hätten seinen Verstand geerbt.

Als er endlich mit seinem Lobgesang fertig war, in dem die Wörter »Blut«, »Stütze«, »Wurzeln«, »Zukunft« und »Sicherheit« den Refrain bildeten, hatte das Taxi den Flughafen erreicht.

»Tja«, sagte er, als er ihren Trolley aus dem Kofferraum holte und auf dem Asphalt abstellte. »Was kann ich Ihnen wünschen? Viel Glück?«

Die Räder des Trolleys quietschten, und die gläsernen Schiebetüren schienen Monique den Zutritt zum Flughafen verwehren zu wollen, ehe sie sich zögernd öffneten.

In der Abflughalle schloss sie sich den regungslosen Reisenden an, die wie aufgereihte Graureiher auf das Einchecken warteten. Sie nickte ein paar bekannten Gesichtern von Biologen zu, die ebenfalls auf dem portugiesischen Symposium erwartet wurden. Die Gesichter grüßten zurück und richteten sich dann unausgeschlafen auf die ratternde Anzeigetafel.

»Hehehe«, tönte Thomas' Stimme in ihrer Handtasche. Er

hatte das hämische Lachen eines Giftzwergs zu ihrem Klingelton gemacht. Sooft sie auch den Speicher ihres Handys durchsucht hatte, es war ihr nicht gelungen, seine Stimme zu löschen. Würde sie keinen Anruf von Nootjes erwarten, hätte sie ihr Telefon ausgeschaltet, wie sonst auch.

Offenbar hatte ihr Vater ihr zu dieser frühen Stunde etwas mitzuteilen. Als Thomas noch einmal lachte und ihr noch einmal ein Stich durchs Herz ging, sah sich das Paar, das vor ihr in der Reihe stand, verstört um. Monique lauschte der Stimme ihres Erzeugers auf der Mailbox. Es gab nichts Besonderes. Höchstens ein wenig Verwunderung über ihre fortwährende Unerreichbarkeit.

Wie immer war das Wasser von oben schön anzusehen, mit Wellen wie die kleinen silbernen Schuppen eines riesigen Fisches. Der Regen mischte sich mit früher Sonne, bevor er von der Ostsee verschlungen wurde. Als ob gar nichts geschehen wäre, dachte Monique Champagne.

Atlantischer Ozean

Monique trank Champagner zum Frühstück. Nicht wegen ihres Nachnamens. Es war der große Stapel geräucherter Heilbutt auf dem Frühstücksbüfett, der sie schockiert hatte, und um diesen Schock zu mildern, trank sie ihre dritte Schale in Folge. Geräucherter Heilbutt in einem Hotel, in dem ein Plattfischsymposium stattfinden sollte. Wie ungeschickt, wie grausam.

Die Mündung des Tejo glitzerte würdevoll. Voller Ungeduld wartete er auf einen bewundernden Blick von Monique Champagne, die dafür nicht einmal den Hals recken musste. Doch Monique ignorierte sowohl das Wasser als auch das umliegende geschützte Kulturerbe. Sie hatte ihr Glas abgesetzt und starrte auf ihre Hände.

Nicht dass sie fand, sie habe schöne Hände. Sie hatten immer viel älter gewirkt als der Rest ihres Körpers. Einmal hatte ihr ein Obdachloser am Eingang eines Theaters mitgeteilt, er könne an ihren Händen sehen, dass ein alter Geist in ihr hause. Monique zufolge war ihre weiße Haut Sonneneinstrahlung und Kälte einfach nicht gewachsen. Was sie auch auf ihre Hände schmierte, sie blieben trocken und faltig. Nach der Bemerkung des Obdachlosen hatte sie angefangen, darin ein Problem zu sehen.

Nun hatte sie jedoch das eine und andere über Hände erfahren, was ihre unvollkommenen Körperteile in ihrem Ansehen steigen ließ. Während des Flugs von Tallinn nach Lissabon hatte sie in einer wissenschaftlichen Zeitschrift ge-

lesen, dass transplantierte Hände, von den körperlichen Ab-
stoßungsreaktionen einmal abgesehen, oft großen Widerwillen bei ihrem neuen Besitzer hervorrufen. Es waren mehrere
Fälle bekannt, in denen Menschen ihre tadellos funktionie-
rende neue Hand wieder hatten amputieren lassen, weil sie
davon psychisch labil geworden waren. Monique zog daraus
den Schluss, dass es besser sei, ihre hässlichen Hände zu behalten.

Was sie noch mehr ergriff, war der Ursprung der Gliedmaßen, Füße, Hände, Zehen und Finger. Das erste Wesen, das
ähnliche Knochen aufwies wie die im menschlichen Ober-
arm, Unterarm, ja auch in Handgelenk und Hand, hatte zugleich Schuppen und Flossenhäute besessen. Als Monique
durch einen Dokumentarfilm von diesen Tatsachen erfuhr,
wurde ihr Leben in eine andere Richtung gelenkt. Sie gestand
es sich nicht zu, an den Rest jenes Abends zu denken, an die
Hand, die sie damals umklammert hielt, bis er sich endgültig befreite. Das Einzige, was zählte, war die Feststellung: Unser ältester Vorfahr ist ein Fisch. Monique war mit der leben-
den Welt verbunden, ihre Knochen und Gene waren ein Teil
davon, in ihr schlummerten dreihundertfünfundsiebzig Millionen Jahre alte Konstruktionen.

Das Leben entstand im Meer. Die Meere wurden immer
leerer. Sie würde die Fische retten.

Daher war sie dankbar, in Lissabon sein zu können, wo
zum siebenten Mal ein *International Flatfish Symposium* stattfand. Auch wenn sie aus einem Telefongespräch erfahren
hatte, dass Nootjes für dieses Symposium die Organisatoren
ein bisschen hatte drängen müssen. Noch vor dem Frühstück
hatte sie mithilfe des Internets so viel wie möglich über den
Bewirtschaftungsplan für Plattfische in Erfahrung gebracht,
eine Übereinkunft zur Rettung der Plattfische, die 2007 von

den versammelten europäischen Fischereiministern erzielt wurde.

Es fiel Monique erst jetzt auf, dass sie ihre Gedanken mit grazilen Handbewegungen begleitete, wobei sie ihre Finger und Handgelenke fernöstlich anmutende Drehbewegungen vollführen ließ. Wie lang tat sie das schon? Sie schaute noch eine ganze Weile wie hypnotisiert auf ihre tanzenden Gliedmaßen. Erst als ein frühstückendes Kind ängstlich mit dem Finger auf sie zeigte, hörte sie damit auf.

Sie beherrschte sich, bis sie die Vorhänge ihres beigefarbenen Einzelzimmers zugezogen hatte. Dann legte sie wie unter Zwang ihre Handballen wieder aneinander. Während die Hände mit gestreckten Fingern einander wie flatternde Flügel umkreisen, hob Monique langsam ihre Arme und ließ sie danach einen Halbkreis umschreiben. Sie hielt die Mitte zwischen einer balinesischen Tänzerin und einem Schiedsrichter. Mit Fischen hatte das nichts zu tun. Sie wiederholte die Bewegung Dutzende Male und hörte das Klopfen an der Tür nicht, sodass ein geradezu winziges Zimmermädchen mit einem Staubsauger sie ertappte.

Zum zweiten Mal an ein und demselben Morgen ließ Monique die Badewanne mit Wasser vollaufen. Das Abflussloch befand sich nicht in der Mitte, und sie verspürte ein großes Bedürfnis, sich in Wasser einzuhüllen. Außerdem hatte der Tanz sie ins Schwitzen gebracht.

Nach dem Bad irrte sie durch die Hotelgänge, die mit Abbildungen berühmter Brücken geschmückt waren, auf der Suche nach dem Konferenzzentrum. Anders als erwartet, traf sie im Empfangsraum keine bescheidene Menschenansammlung an, der sie sich unauffällig hätte anschließen können. Nervös ging sie auf den einzigen weiteren Anwesenden zu.

»Sind Sie von der Organisation?«, fragte sie den Jungen, der damit beschäftigt war, eine Thermoskanne mit Kaffee zu füllen.

»Nein, ich bin vom Kaffee«, antwortete er. Als sie sich nach allen Seiten umblickte, setzte er in höflichem Ton hinzu, der Rest werde sicherlich bald kommen, und bot ihr sogar einen Keks an. Sie knabberte daran. Beim gegenseitigen Anlächeln fiel ein Kekskrümel von ihrer Unterlippe. Danach kümmerte sich der Junge wieder um den Kaffee, und Monique suchte sich eine Haltung zu geben, indem sie sich interessiert den Informationen über Plattfisch-Workshops auf einer Tafel an der Wand zuwandte.

»Die Workshops sind leider alle voll«, sagte eine kleine, rundliche Frau, die aus dem Nichts aufgetaucht zu sein schien. Sie legte ihren Kopf in den Nacken und starrte Monique argwöhnisch an. »Die sind übrigens auch eher für Biologiestudenten gedacht. Sie sind die Schriftstellerin, nehme ich an?«

»Wie haben Sie das erraten?«, erkundigte sich Monique.

»Ich bin in der Lage, das Internet zu benutzen«, sagte die Frau in leicht beleidigtem Ton.

Sie war offenbar für das Symposium verantwortlich und drang darauf, Monique möge ihren Vortrag nicht zu sehr ausdehnen. Danach stellte sie sich als Frau Solar vor.

Monique merkte, dass sie Frau Solar eine schlaffe Hand gereicht hatte, und versuchte noch während des Händedrucks vergeblich, etwas daran zu ändern. Wieso »zu sehr ausdehnen«? Das letzte Mal hatte sie höchstens fünf Minuten auf dem Podium gestanden. Hatte das jemand als übermäßig empfunden und sich beschwert?

»Es ist sehr schön, was Sie geschrieben haben, aber die Zeit ist knapp«, sagte Frau Solar.

Monique versprach, das Zeitlimit nicht zu überschreiten.

»Plattfische haben die Menschen offenbar schon immer inspiriert«, sagte Monique lachend, ein Versuch, ihre Gesprächspartnerin für sich zu gewinnen.

Frau Solar schien auf der Hut zu sein.

»Ich meine, man könnte doch fast auf den Gedanken kommen, dass sich Picasso für seine kubistische Periode Anregungen bei den Plattfischen geholt hat.«

»Ich glaube nicht, dass dem so ist«, sagte Frau Solar.

»Sie haben etwas Asymmetrisches«, sagte Monique. »Mit diesem Auge, das gewandert ist.« Ihr Beharren auf dem Thema schien bei Frau Solar nicht so gut anzukommen. Sie wiederholte, dass die Zeit knapp sei, und eilte mit einer strahlenden Maske auf vier Männer zu, die soeben den Empfangsraum betreten hatten.

Monique nahm es sich selbst übel, dass sie Frau Solar nicht mit lässiger Miene das Wort »Plattfischbewirtschaftungsplan« ins Gesicht geschleudert hatte. Verbittert dachte sie an die illegalen Fangpraktiken, deren sich portugiesische Fischer schuldig gemacht hatten. Sie verspürte das brennende Bedürfnis, die arrogante Dame daran zu erinnern, dass Weltmeere und Fischpopulationen schon seit Jahrzehnten unter der portugiesischen Flotte litten, welche abgesehen von der spanischen die destruktivste in ganz Europa war. Sie kannte die Namen von Schiffen, die falsche Angaben über ihre Fänge machten, weil sie gezielt auf verbotene Fischsorten fischten: *Solsticio, Calvao* und *Lutador*. Vielleicht sollte sie die noch bei ihrem Vortrag einfließen lassen. Diese Solar sollte bloß nicht glauben, dass Monique sich so einfach überfahren ließ.

Weil ihre Hände zitterten, verschüttete Monique Champagne Kaffee auf den Boden. Der Kaffeejunge tat, als habe er nichts bemerkt.

Als der Saal, in dem sie mit etwa fünfzig anderen Platz genommen hatte, verdunkelt wurde, beruhigte sie sich allmählich wieder. Es war wichtig, nicht alle Portugiesen über einen Kamm zu scheren. Sicherlich schämten sich die Leute, die dieses Symposium veranstalteten, selbst für die tolerante Haltung der portugiesischen Behörden gegenüber dem illegalen Fischfang. Monique würde ihren Vortrag unverändert lassen. Diese Leute waren Bundesgenossen.

Der erste Sprecher war ein isländischer Wissenschaftler. Die Isländer verwirrten Monique. Über isländische Fischer hatte sie gelesen, dass sie ihre Fischbestände korrekt zu bewirtschaften wüssten. Dass sie dafür ein paar Kabeljaukriege geführt hätten und sich nach den Erkenntnissen von Wissenschaftlern richteten. Andererseits riet der jüngste Fischratgeber des WWF vom Verzehr von isländischem Kabeljau, Seeteufel und Seewolf ab.

Der Sprecher hatte seinen Vortrag über die Auswirkungen des Klimawandels auf Plattfische multimedial aufgepeppt. Er hatte selbst fotografiert, wie Scholle, Seezunge, Steinbutt und Kliesche sich im Meeresboden versteckten und wie sie dort kurz darauf gnadenlos mit Bodenschleppnetzen abgekratzt wurden. Bei jedem Foto betonte er, wie einmalig es sei und dass er sein Leben aufs Spiel gesetzt habe, um es aufzunehmen. Es folgte ein Filmchen, das ihn auf dem Deck eines niederländischen Schiffes zeigte, in einer orangefarbenen Windjacke, eine Lammzunge und ein Petermännchen in die Kamera haltend. Diese Fische kämen, wahrscheinlich infolge des Klimawandels, in letzter Zeit häufiger an der niederländischen Küste vor.

Jedes Mal, wenn er mehr allgemein über den Klimawandel sprach, verschwammen die Fischimpressionen, und es tauchte das bekannte, in Zeitlupe wiedergegebene Bild jenes

Eisbären auf, der sich auf einem Surfbrett aus Eis zu halten versucht, ein klägliches Überbleibsel eines geschmolzenen Erdteils.

Monique hatte dieses Bild schon öfter gesehen, doch sie identifizierte sich mehr denn je mit dem einsamen weißen Riesen, seiner abwartenden Haltung, vorwärtsgetrieben von dem steigenden Wasser unter seinem schwindenden Halt. Es sehe nicht danach aus, dass der Klimawandel für das Aussterben der Eisbären am Nordpol verantwortlich sei, teilte der Sprecher beiläufig mit. Vielmehr schafften sie es wegen des Gifts in ihrer Nahrung – Seehunde und Robben, die giftige Fische fräßen – kaum noch, sich fortzupflanzen.

Es ist noch nicht zu spät, dachte Monique, als der Eisbär ins Wasser sprang. Es ist noch nicht zu spät, als eine Kieme in Nahaufnahme einen letzten Atemversuch unternahm und ein Fischauge seinen Glanz verlor. Es ist noch nicht zu spät, als die letzten vier Jahre ihres Lebens zu einem meterhohen Eisberg erstarrten, der in der Folge rasch zusammenschrumpfte und im Meer verschwand.

Sie achtete darauf, Rücken und Schultern gerade zu halten, als sie den Saal verließ. Mit einer Flasche Vinho Verde in der Hand kam ihr der Junge vom Kaffee entgegen. Mit seiner konzentriert wirkenden Falte zwischen den Brauen sah er aus wie ein Krankenpfleger mit einer Medizin. Monique schnappte sich ein umgedrehtes Glas von einem Tisch und ließ sich behandeln.

»Kann ich hier irgendwo rauchen?«, fragte sie den Kaffeejungen.

Er wies mit dem Arm in eine unbestimmte Richtung und sagte etwas, was sie nicht verstand.

»Wie bitte?«, fragte Monique.

»*Jo berri boppipol*«, wiederholte der Junge mit einem Lä-

cheln, in dem sich Verlegenheit und Verärgerung mischten.
Die wenigen Worte, die sie bisher mit ihm gewechselt hatte,
waren Englisch gewesen, aber das jetzt war wahrscheinlich
Portugiesisch. Es sei sehr schwierig, diese Sprache zu erler-
nen, hatte sie sich sagen lassen.

»Sorry«, sagte Monique Champagne, »aber ich habe Sie
wirklich nicht verstanden.«

Der Junge fragte, ob sie Englisch verstehe, was sie bejahte.

»I shut up«, sagte er und begab sich auf die andere Seite des
Empfangsraums, um dort mit Übereifer Gläser zu füllen.

Erst als sie den Wein wieder ausgepinkelt hatte und draußen eine Zigarette rauchte, fügten sich die Lautketten des
Kaffeejungen zu einem verständlichen Satz.

You're very beautiful, dachte Monique. Es war lange her,
dass ihr das jemand gesagt hatte.

Das frühe Trinken hatte einen unangenehmen Geschmack in
ihrem Mund hinterlassen und schien ihre anderen Sinnesorgane zu überanstrengen. Geräusch war Lärm, Sehen verursachte Kopfschmerzen, ihre Haut schien sich straff über
ein Zuviel an Eingeweiden zu spannen, und alle Menschen
stanken nach sich selbst.

Ihr eigener Vortrag war erst für den späten Nachmittag geplant, als eine Art Vorprogramm für ein Referat über Heilbutt. Sie hatte große Lust, bis dahin auf ihrem Bett zu liegen. Sie würde sich wie ein Plattfisch auf die Seite drehen und
warten, bis ihr eines feuchtes Auge von der Matratzenseite aus
über ihr Gesicht hinaufwandern würde, um an die Decke zu
starren. Jede Metamorphose schien ihr willkommen.

Stattdessen wanderte ihr Blick immer wieder zu Oskars
Manuskript, das beim Kofferauspacken auf dem Fernseher
gelandet war. Der Stapel wirkte verlockend auf sie, doch als

sie ihn berührte, zog sie die Hände schnell wieder zurück, als seien die Blätter kochend heiß. Sie verwünschte Oskar, lehnte es ab, sich erneut mit Belletristik zu befassen, und beschloss, sich ein wenig in der Stadt umzusehen.

Die Einsamkeit eines die Stadt durchstreifenden Fremden war doch ein ganzes Stück aufmunternder als die eines Einsamen in einem fremden Bett, dachte sie aufgeräumt, als sie das belebte Zentrum erreichte. Als sie das letzte Mal in dieser Stadt gewesen war, kannte sie Thomas noch nicht. Der damalige Urlaub war so gut wie vollständig aus ihrem Gedächtnis gelöscht, obwohl sich die Betriebsamkeit und die Farben, die sie umgaben, vertraut anfühlten.

Bis auf einen waren alle Stühle des kleinen Tisches entfernt worden, um an anderer Stelle größere Sitzgruppen zu ermöglichen. Monique setzte sich, gab ihre Bestellung auf und beschäftigte sich mit zwei SMS. Sowohl ihre Mutter als auch Diederik appellierten in exakt demselben Wortlaut, Ausrufezeichen eingeschlossen, an sie, sich zu melden. Was für ein Zufall, dachte Monique Champagne. Sie steckte das Handy wieder in ihre Tasche.

Die Tasse Kaffee war gerade erst gekommen, als ein frecher Sperling den dazugehörigen Keks stahl. Beeindruckt blickte Monique dem Tierchen bei seinem Sprung vom Tisch nach. Ein alter, ganz in Violett gekleideter Mann mit dünnem, wirrem Haar lachte ihr zu. Dass sich in ihrer Stirn ein Magnet befand, der verhaltensauffällige Menschen anzog, hatte Monique nie gestört. Obwohl sie nicht immer Lust hatte auf unzusammenhängende Lebensbeichten, hatten diese oft für Erzählstoff gesorgt. Doch jetzt, da sie ihr Leben auf die Rettung der Fische ausgerichtet hatte, sah sie wenig Verheißungsvolles in dem Mann, der schon dabei war, seinen metallenen Stuhl lautstark zu ihrem Tisch zu schleifen.

Er fragte nicht, ob er störe. Er setzte sich nahe an sie heran und legte eine raue Hand über ihre Augen. Die Hand roch vage nach Scheiße. Wie immer in Situationen, die vielleicht bedrohlich waren, blieb Monique wie gelähmt sitzen.

»Sie schauen nicht«, sagte der Mann. Das Französisch, das er sprach, klang überraschend kultiviert.

»Sie halten Ihre Hand über meine Augen«, sagte Monique.

Der Mann nahm seine Hand weg, klopfte Monique damit lachend auf die Schulter und fragte jovial, ob er die Hand noch einmal über ihre Augen legen dürfe.

»Na gut, aber nur kurz«, sagte Monique.

»Können Sie beschreiben, was Sie auf dem Platz hier gesehen haben?«

»Menschen.«

»Versuchen Sie, etwas genauer zu sein.«

»Menschen, die hin und her laufen.«

Der Mann nahm seine Hand weg. Auf dem kleinen Platz stand ein Mann auf einer Holzkiste. Er hielt eine Rede, vermutlich über etwas Religiöses, denn er hatte ein Kruzifix in der Hand, das er ab und zu in die Luft reckte. Vor ihm standen drei Jugendliche. Einer streckte seinen Mittelfinger in die Höhe und rief dem religiösen Fanatiker etwas zu, der ungerührt weiterschwadronierte.

»Er redet über die Erscheinungen, die er gehabt hat«, sagte der violette Mann. »Glauben Sie an das Paranormale?«

Monique schüttelte den Kopf. Sie glaubte nicht einmal an das Normale.

»Das ist gut. Ich auch nicht. Nachdem ich mein Delirium tremens hinter mir hatte, habe ich begriffen, dass Erscheinungen Halluzinationen sind.« Er lachte laut und fügte hinzu: »Der da, der war ständig hinter mir her, mit Sockel und allem.«

62

Erst als sie seinem Finger folgte, sah Monique, wie Cristo Rei zwischen den Bäumen auf der anderen Seite des Tejo die Luft umarmte.

»Haben die Portugiesen das nicht errichtet, weil Gott ihnen den Zweiten Weltkrieg erspart hat?«, fragte Monique. Sie wusste, dass die Christusfigur eine verkleinerte Replik der berühmten Statue von Rio de Janeiro war.

»Ja!«, brüllte der Mann. Es folgten noch drei Lachsalven, die Monique zunächst mit kurzem, gut gemeintem Kichern begleitete, mit denen sie aber letztlich nichts anzufangen wusste. Sie hatte das Gefühl, dass die Botschaft hinter diesem Wortwechsel an ihr vorbeizischte wie der gesättigte Spatz, der rasch zu einem Tüpfelchen in einer weit entfernten Dachrinne wurde. In letzter Zeit kam es öfter vor, dass sie das Lachen anderer Leute nicht verstand.

Als er sich schließlich wieder beruhigt hatte, fragte der Mann, ob sie fünf Euro für ihn hätte. Sie vermutete, dass es die einzige Möglichkeit war, ihn loszuwerden. Er sah diskret weg, als sie ihr Portemonnaie untersuchte und mangels kleinerer Scheine und ausreichender Münzen zehn Euro vor ihn auf den Tisch legte.

»Wollen Sie fünf zurück?«, fragte er.

»Nein, ist schon gut so«, sagte Monique.

Am späten Nachmittag wiederholte sie ihre Ansprache zur Rettung der Fische. Die Wörter fühlten sich nicht sehr vertraut an, und Monique hatte das Gefühl, dieses Mal länger zu brauchen, um sie auszusprechen. Frau Solar, die sie aus der ersten Reihe anstarrte, schien nicht ein einziges Mal mit der Wimper zu zucken.

Bei dem Satz über die abgetrennten Haiflossen stockte Monique kurz der Atem. Vielleicht, weil deren Verbindung mit ihren Armen und Händen ihr erst an diesem Morgen gänzlich bewusst geworden war. Ihre Gefühle schienen das Publikum zu erreichen. Die Zuhörer hatten ihre Gesichter ernst und aufmerksam auf sie gerichtet, der Applaus zeigte, dass ihre Worte Eindruck gemacht hatten.

Sie konnte es kaum fassen, dass das offizielle Abendessen in einem Fischrestaurant stattfand. Typisch portugiesisch. Frau Solar hielt eine Rede über internationale Zusammenarbeit und die Wunder der Meere. Als Kellner in bordeauxfarbenen Uniformen den weißen Fisch servierten, machten sich alle Gäste sofort hungrig darüber her. Monique war die Einzige, die sich mit Kartoffeln und Zucchini begnügte.

»Diesen Fisch können Sie ohne jede moralische Bedenken essen«, sagte ein bärtiger Mann an ihrer Seite. »Der englischen Seezunge geht es wieder gut.«

»Ich esse überhaupt keinen Fisch mehr«, sagte Monique.

»Wenn Sie keinen Fisch essen, warum finden Sie es dann so schlimm, dass er verschwindet?«, wollte eine gut aussehende Frau wissen, die ihr gegenübersaß.

Der Protest einiger anderer Tischgenossen machte Moniques Antwort überflüssig. »Also wirklich!«, rief jemand. »Ein bisschen plump, Giovanna!« Zwei Männer beugten sich verschwörerisch zu Monique. Mit spanischem Akzent priesen sie ihren Vortrag – eine sensible Note sei immer willkommen –, rieten ihr aber auch, sich das alles nicht zu sehr zu Herzen zu nehmen. Natürlich sei jeder frei in seiner Entscheidung, manche Fische könne man aber durchaus noch essen.

Weil die Männer so sanft mit ihr gesprochen hatten, sprach Monique nicht aus, dass sie nun einmal eine andere Einstellung zu Fischen hätten, weil sie der mitleidlosesten Fischereination Europas angehörten. Dass in der europäischen Fischereipolitik immer noch der Einfluss von General Franco spürbar sei, der für eine gigantische Expansion der spanischen Flotte gesorgt hatte. Die Tatsache lag ihr noch den ganzen Abend auf der Zunge.

»Es sollen übrigens immer noch zwei Milliarden Tonnen Fisch im Meer schwimmen«, sagte jemand, der hinzufügte, das in *Science* gelesen zu haben.

Monique nickte und strengte sich an, eine passende Antwort zu finden. Immerhin gebe es auch Wissenschaftler, die ihre Essgewohnheiten teilten, sagte sie ruhig. Sie wollte nicht gekränkt oder verlegen wirken.

»Und was sagt Ihr Mann dazu? Isst der auch keinen Fisch?«, erkundigte sich Giovanna.

»Der schon«, sagte Monique.

Das Gespräch verlagerte sich auf Partner und Familie. Dass es in einer Beziehung gewisse Absprachen brauche, wurde gesagt, und gegenseitiges Vertrauen und Arbeit, Arbeit, Arbeit. Die meisten schienen diese Anstrengung mit Glanz hinter sich gebracht zu haben, auch wenn es bei einigen mehrere Ehen gedauert hatte. Persönliche Ansichten wurden quer über den Tisch posaunt und stießen auf allgemeine Zustimmung. Gesichter bekamen Farbe, mit Ausnahme der gar nicht einmal so geringen Zahl derer, die sich verschlossen.

Nach dem Abendessen sperrte Monique ihre Zimmertür zu und ließ den Kopf in die aufgeschüttelten Kissen sinken. Angestrengt starrte sie erneut auf die beiden Seiten ihrer Hände, bis eine SMS ihren Taumel durchbrach. Michaela teilte Stefanie mit, dass sie sich darauf freue, sie in Athen wiederzusehen. Monique, deren schwerfälliger Daumen das Simsen verlernt zu haben schien, antwortete, sie teile die Vorfreude, und stellte fest, dass sie es ehrlich meinte. Abgesehen von einem vagen Gefühl, in die falsche Richtung zu schwimmen, verspürte sie große Lust, wieder Stefanie zu sein.

In einen Bademantel des Hotels gehüllt und vom Fernsehen gelangweilt, inspizierte sie den Inhalt ihres Koffers, auf der Suche nach Kleidern für den nächsten Tag. Die vertraute Baumwolle, die bequemen Schuhe und der Badeanzug strahlten eine verschlissene Glut von Gewohnheit und Wiedererkennen aus, die Monique zu ersticken suchte. Sie wollte nicht darüber nachdenken, wann sie was getragen hatte, wann Thomas was ausgezogen hatte.

Vielleicht war es ein Aufflackern ihrer alten Gewohnheit, jeden schwierigen Augenblick mit Lesefutter zu verdrängen, das sie dazu brachte, Oskars Manuskript wie ein Baby auf ihren Unterarm zu legen. Oder verspürte sie tatsächlich den ärgerlichen Drang, mehr über den Österreicher zu erfahren? Sie gestand sich selbst einen einzigen Absatz zu, las dann jedoch begierig weiter.

Als Fischer das erste Mal von Verliebtheit getroffen wurde, glitt er auf Skiern einen mittelgroßen verschneiten Berg in Südtirol hinab. Dabei umklammerte er krampfhaft die Taille des Objekts seiner Leidenschaft, der fünfzehn Jahre älteren Skilehrerin Franzi Knoll. Silberumrandete Tannenbäume flitzten vorbei, Schneeanhäufungen wurden geschickt umfahren.

Ab und zu drehte Fräulein Knoll ihren bemützten Kopf zu ihm um und herrschte ihn an, ihr nicht noch weiter das Atmen zu erschweren. Fischer tat nicht, was sie verlangte. Er schmiegte seinen Kopf an ihren prallen Hintern und blickte auf seine kurzen Skier, die in hohem Tempo zwischen ihren viel längeren dahinglitten. In seinem zehnjährigen

Geist lud sich dieses Bild mit einer ungeheuren erotischen
Spannung auf. Sein gesamtes späteres Leben sollte er mit
erhitztem Unterleib daran zurückdenken.

Am Fuße des Berges sahen die übrigen jungen Kursteil-
nehmer zu, wie Fräulein Knoll sich aufregte. Trotz ihres
wiederholten Verbots, den Skilift bis zum obersten Punkt zu
benutzen, hatte Fischer sie ein weiteres Mal hereingelegt. Das
nächste Mal würde sie ihn nicht herunterholen. Ob er eigentlich wisse, was das für die Versicherung bedeuten könne?
Hatte er vielleicht keine Ohren? Sie riss ihm die rote wattierte
Mütze vom Kopf und stellte fest, dass er die sehr wohl besaß,
sogar recht große Ohren, Segelohren. Die meisten Kinder
lachten, und als Fräulein Knoll sie fragte, ob sie fänden, dass
Fischer eine Strafe verdient hätte, grölten auch diejenigen,
die nicht gelacht hatten, »Ja«.

Ohne mit der Wimper zu zucken, verfolgte Fischer jede
Bewegung Fräulein Knolls. Noch mehr als von der rohen Art
und Weise, in der sie seinen Skianzug herunterstreifte,
wodurch eine Welle von Gänsehaut an den Beinen hinauf in
seine hellgrüne Unterhose strömte, wurde er vom Anblick
ihres Gesichts getroffen. Ihr Mund war ein grellrosa herzloser,
bebender Strich, der graue Blick suchte den seinen. Dies ist
Begierde, wusste Fischer, ohne das Wort zu kennen. Sie
begehrte ihn, er hatte sie in seiner Macht. Ungerührt erwiderte er ihren Blick. Ohne dass die anderen Kinder es sehen
konnten, lächelte er Fräulein Knoll zu, die erschrak, weil sie
geglaubt hatte, er sei noch zu klein, um sie zu durchschauen.
Er wollte seine dicken Fäustlinge auf ihre Wangen legen
und flüstern: »Hab keine Angst, Fräulein Knoll«, doch er
begriff, dass sie das Spiel, das sie für die anderen spielte,
weiterspielen musste. Sie drehte sich abrupt um und fuhr
davon, eine Kette von Kindern hinter sich herziehend. Mit

den Zähnen zog Fischer seine Fäustlinge aus. Seine warmen
Hände steckte er in seine Hose. Keine Sekunde verlor er sie
aus den Augen.

Das Klopfen an der Tür musste schon eine Weile gedauert haben, bevor es von Moniques Herz nachgeahmt wurde. In einem Anflug von Unwillen legte sie das Manuskript beiseite. Sie rappelte sich auf und musterte den Kaffeejungen erst durch den Spion, dann durch den Türspalt.

»Darf ich reinkommen?«, fragte er.

Sie bejahte, starrte ihn jedoch noch eine Weile weiter regungslos an. Als sie ihm endlich doch die Tür öffnete, schien es fast, als wollte er es sich noch einmal überlegen. Doch dann betrat er das Zimmer mit einem großen Schritt, der militärisch anmutete. Er wandte sich zu ihr um und seufzte amüsiert.

»Kann ich Ihnen irgendwie weiterhelfen?«, fragte Monique. Für einen kurzen Augenblick stellte sie sich den Jungen zwischen verschneiten Berggipfeln vor. Er erwiderte nichts, hielt lediglich seinen Kopf schief und blickte so lange auf ihre Knie, bis Monique seinem Blick schließlich folgte. Ihrer Meinung nach waren ihre Knie wie immer. Sie wies einladend auf den Wasserkocher neben dem Fernseher.

»Ich könnte Tee machen.«

Der Kaffeejunge wollte keinen Tee und auch keinen Instantkaffee. Falls es um Sex ging, könnte er das allmählich mal deutlich machen, fand Monique.

»Es ist warm hier«, sagte der Junge.

Er zog lächelnd seinen Pullover aus und fragte: »Du sprichst hier über Fische?«

Monique bestätigte das. Er legte seine Hände auf ihre Hüften und seine Lippen auf ihre Lippen. Nachdem sie sich vorsichtig ein bisschen geküsst hatten, schien der Junge die Konversation fortsetzen zu wollen.

»Fisch ist sehr gesund«, sagte er.

Monique beschloss, nicht darauf einzugehen, und konzentrierte sich auf die Finger, die an ihrem BH-Verschluss fummelten, und auf die Hand, die ihre Brust umklammerte. Sie beschloss, einen Angriff auf die komplizierte Schnalle an seinem Gürtel zu wagen.

»Ich nehme täglich drei Kapseln mit Fischöl. Gut für alles«, sagte der Junge.

Monique löste ihr Gesicht von seinem und blickte aus der Nähe auf einen Mitesser neben seiner Nase. Die Schwerkraft schien sich nachdrücklicher als sonst bemerkbar zu machen.

»Das ist überhaupt nicht gut«, sagte sie.

»Nicht gut?«, fragte der Junge. Er ließ ihre Brust aus seiner erschlaffenden Klaue gleiten, dann ermannte er sich wieder mit einem verärgerten: »Doch, doch! Omega-3 und Omega-6!«

»Weißt du, wie viel Kilo Fisch für einen einzigen Liter Fischöl nötig sind?«, fragte Monique streng.

»Nein«, sagte der Junge wie ein aufsässiges Kind aus einer Schulbank heraus.

»Zwanzig bis hundert Kilogramm frischer Wildfisch!«, rief Monique erzürnt, während sie gleichzeitig heftig an dem Gürtel herumruckte.

»Aber es ist gesund!«

»Die Studien darüber sind nicht alle wissenschaftlich haltbar!« Sie ließ den Gürtel los. Der Junge trat einen Schritt zurück.

»Das Fischöl, das in deinen Kapseln steckt, enthält womöglich viele Giftstoffe. Fische lagern die in ihrem Fett ein! Trink lieber Leinöl, oder iss Portulak, da ist auch viel Omega-3 drin!«, rief Monique.

»Lass uns nicht anfangen zu streiten«, sagte der Junge.

»Nein, du hast recht.« Monique klang allerdings noch etwas pikiert.

Während er sich auf den Rand des Bettes setzte, sagte er, obwohl er seinen Pullover wieder anzog, erneut etwas über die hohe Temperatur, die im Zimmer herrsche. Und etwas über Schlafschwierigkeiten, mit denen er seit einiger Zeit zu kämpfen habe. Er fand auch, dass sie es besser dabei belassen sollten, und lehnte noch einmal eine Tasse Tee dankend ab.

Monique Champagne schlief mit der Frage ein, warum er sie nicht einfach in Ruhe hatte weiterlesen lassen.

In ihrem Traum war es dunkel. Die Straße war erleuchtet und stieg an. Monique fuhr auf ihrem Fahrrad mühsam den Hang hinauf, auf dem Weg nach Hause. Sie kannte den Weg, die zweite rechts. Aus dem Himmel, oder aus Lautsprechern, die in der Höhe aufgehängt waren, erklang eine alles übertönende Stimme. Es gab eine ganze Menge, was in dieser Straße übertönt werden musste. Menschen kreischten, bevor sie zu Boden sanken. In den Augen einer blonden Frau, an der sie vorbeifuhr, sah Monique, woran sie alle starben. An Lieblosigkeit. Es war unübersehbar ein schmerzhafter Tod, der mit großer Verzweiflung einherging. Die Stimme erzählt ihnen die Wahrheit, dachte Monique, und die Wahrheit bringt ihnen den Tod. Sie beschloss, nicht auf die Stimme zu hören, tat es dann aber doch. »Menschen verlieben sich. Du musst dich aufs Neue verlieben«, sagte die Stimme besänftigend. Das ist schön, dachte Monique, doch zugleich beschlich sie der Verdacht, dass eine große Gefahr in diesem Satz lauere und dass die aufgezählten Tatsachen und Ratschläge immer verletzender, schlechter, unentrinnbarer werden würden. Dass diejenigen, die sie hatte sterben sehen, zu lange auf die Stimme gehört hatten. Dass sie das nicht tun dürfe. Sie müsse weiter in die Pedale treten, wie mühselig das auch sein mochte, zu ihrem Haus, welches sich irgendwo befand.

So wachte sie auf, ohne oben angekommen zu sein, in heilloser Verwirrung, in einem Hotelzimmer, das ihr fremd vorkam, zwischen Laken, die von ihrem Schweiß durchnässt waren.

Warum träume ich nicht vom Meer?, fragte sie sich.

»Frau Solar war jetzt nicht so wahnsinnig begeistert von Ihrem Vortrag«, hatte Nootjes widerstrebend eingeräumt. »Aber unter uns gesagt: Frau Solar ist selten zufrieden. Die griechischen Organisatoren sind angenehmer, Sie werden sehen.«

»Ja«, sagte Monique.

»Noch etwas«, fuhr Nootjes fort. »Das Honorar für diese Vortragsreihe könnte aus einer ganzen Reihe von bürokratischen Gründen etwas auf sich warten lassen. Das ist doch kein Problem, hoffe ich?«

»Nein«, log Monique.

»In Athen waren Sie wahrscheinlich schon mal?«, fragte Nootjes.

Gerade als Monique antworten wollte, fiel ihr Handy aus. Nachdem sie ihr Gepäck einige Male gründlich durchsucht hatte, kam sie zu dem Schluss, dass sie das Aufladegerät im Hotelzimmer liegen gelassen hatte.

Ihr Flug hatte offenbar Verspätung, wie die meisten anderen auch. Monique stellte fest, dass gestrandete Reisende auch hier eine magische Anziehungskraft auf Fernsehsender ausübten. In ihrem Heimatland hatte es sie oft in Erstaunen versetzt, wie viel Sendezeit in den Nachrichten auf Menschen verwendet wurde, die länger als vorgesehen auf ein Flugzeug warteten. Obwohl sie kein Portugiesisch verstand, fiel ihr auf, dass die Wartenden sich mächtig ins Zeug legten, um mit ihren Emotionen den ganzen Aufwand zu rechtfertigen. Hier und da zuckte jemand mit den Schultern. Der allergrößte Teil jedoch zeigte auf seine überdrehten Kinder und seinen heulenden Lebenspartner, um danach den Kopf in den Händen zu vergraben oder drohend die blanke Faust gegen die Anzeigetafel emporzurecken. Jemand hielt sich mit geschlossenen Augen krampfhaft an einer Flasche Vittel fest, die ihm vom Flughafenpersonal zugeteilt worden war. Dass das Rote Kreuz noch keine heiße Suppe ausgegeben hatte, wurde wahrscheinlich als Skandal empfunden. Hier stellte sich niemand die Frage, wovon man sich ernähren sollte, wenn die Weltbevölkerung auf zehn Milliarden anwuchs und die Meerespopulation verschwand. Die Menschen, dachte Monique. Für einen kurzen Moment liebte sie sie auf eine gleichgültige, göttliche Weise.

Mittelmeer

Die Sonne über Athen schien milder als in den touristischen Broschüren. Einige Male, wenn das Taxi durch eine Kurve fuhr, blitzte ein Lichtbündel aus dem Rückspiegel an Moniques Seite auf, das ihren nackten Hals in helle und dunkle Flächen aufteilte. Eine bronzene Frauenstimme lenkte den Fahrer in einem Griechisch, in dem Sex und Zigaretten mitschwangen. Monique wusste, welche Sehnsucht unter dem ägäischen Blau schlummerte, wollte jedoch nicht, dass sie an die Oberfläche stieg.

Der schöne Hinterkopf des Mannes am Steuer thronte auf einem schlanken, gebräunten Nacken. Eine Welle näherte sich. Die sich geschmeidig kringelnden Löckchen unter seinem eigentlichen Haaransatz erinnerten sie an Thomas' Hinterkopf. Monique Champagne hatte diesen Hinterkopf, hatte sein Haar geliebt. Sie hatte es oft und liebevoll geschnitten, manchmal zu vorsichtig und unsicher, manchmal kundig und stolz. Er hatte sie selbst darum gebeten und konnte nicht genug bekommen von ihren Fingern, den Spangen und dem Kamm und davon, wie sie dann gemeinsam ins Bad rannten und anerkennend in den Spiegel schauten. Sie hoffte, dass er seine jetzige Friseuse bezahlte und nie mit dem Ergebnis zufrieden war.

Monique streckte ihre Beine aus, ihr Blick immer noch auf den Fahrer gerichtet. Gerne hätte sie die Verpackung aus brauner Haut mit ihren Lippen abgetastet, die unsichtbaren Ränder von Muskeln und Nackenwirbeln sanft zwischen ihre

Zähne geklemmt. Um so zu tun, als sei er Thomas, oder um Thomas zu verjagen.

Sie wandte sich ab und blickte auf den Verkehr, die Rasanz, mit der ein Moped um ein Haar angefahren wurde, ein wütendes Gesicht hinter einer strafenden Geste. Am Himmel prangte eine einzelne Wolke. Sie spürte, wie der Blick des Fahrers jetzt ihren Hals entlangleckte. Sein Geruch erreichte sie und brachte sie auf den Gedanken, dass sie vergessen hatte, wie Thomas roch. Sie würde den Duft seiner Haut erkennen, falls er sich ihr näherte, doch sie konnte ihn nicht mehr aus der Erinnerung heraufbeschwören. War der Geruch das Erste, was verschwand? Und dann? Die Stimme? Monique wäre in der wiederkehrenden Begierde beinahe ausgeglitten wie in einem glatten Ölbad. Sie hätte den Blick dieses unbekannten Taxifahrers erwidert, wenn es ihr nicht heftige Pein bereitet hätte, etwas zu wollen, das dem glich, was im Entschwinden war, schon verschwunden war. Während sich die Augen des Fahrers erloschen wieder auf die Straße richteten, lächelte Monique mit zusammengebissenen Zähnen der einen Wolke zu, die dem Wagen immer noch ergeben folgte.

Die Kälte der Hotelhalle mutete sibirisch an. Ein blondes Paar mittleren Alters, das auf seinen Schlüssel wartete, versuchte darauf aufmerksam zu machen, dass man es mit der Klimaanlage übertrieb, indem die beiden immer mehr Kleidungsstücke überstreiften und sich gegenseitig mit gequälten Gesichtern über den Rücken rieben. Monique schien die Einzige zu sein, die ihren wortlosen Protest bemerkte.

Auch erkannte sie einen Biologen, den sie schon in Tallinn und Lissabon gesehen hatte. Sie begrüßten sich knapp, hatten nie miteinander gesprochen und verspürten keinerlei Bedürfnis, etwas daran zu ändern. Als sie rasch an dem

Mann vorbeiging, erblickte sie den runden Stoppelschädel von Michaela. Obwohl sie sich auf ein Wiedersehen gefreut hatte, bezweifelte sie, ob es ihr an diesem Tag gelingen würde, eine überzeugende Stefanie zu geben. Michaela hatte sie noch nicht bemerkt, da sie konzentriert eine Namensliste an einer Pinnwand studierte. Monique überlegte kurz, ob sie sich heimlich davonstehlen sollte. Sie besann sich eines Besseren, weil sie ihren Zimmerschlüssel noch nicht in Empfang genommen hatte und weil sie und Michaela sich hier in jedem Fall wieder über den Weg laufen würden. Also tippte sie der Frau auf die knochige Schulter.

Diese drehte sich um und drückte Stefanie mit dem betrübten, aber herzlichen Lächeln an sich, das Monique von ihr im Gedächtnis behalten hatte. Angesichts der Umstände gehe es ihr gut, sagte sie. Als Monique fragte, welche Umstände sie denn meine, murmelte Michaela, es sei immer noch ihre verlorene Liebe, ihr missratenes Leben, die Situation, über die sie eigentlich am liebsten gar nicht reden würde, es dann aber doch immer wieder tue. Um das Gespräch auf etwas anderes zu bringen, zeigte sie auf die Namensliste, die sie soeben durchgegangen war.

»Ich kann deinen Namen nirgends entdecken, ich glaube, sie haben dich vergessen!«, rief sie entrüstet.

Monique musste jetzt schnell etwas Glaubhaftes erfinden.

Wie ein aufgeregtes Kind, das an einem Spiel teilnimmt, das es noch nicht kennt, kam Oskar Wanker in die Hotelhalle gelaufen. Monique wollte nicht, dass er und Michaela sich begegneten, doch es war bereits zu spät, um das noch zu verhindern.

»Mein Künstlername ist Monique Champagne«, sagte sie schnell.

Michaela fand es witzig, dass Stefanie einen Künstlernamen besaß, und als Oskar ihre Freundin bei der Begrüßung damit ansprach, rief sie laut: »Champagne!«

Monique stellte die beiden einander vor als die aus den Augen verlorene Freundin und den Biologen-Schriftsteller, den sie vor Kurzem kennengelernt habe.

»Zeitweise aus den Augen vielleicht, aber doch wohl nicht aus dem Herzen, hoffe ich?«, fragte Michaela.

»Haben Sie schon etwas gelesen?«, fragte Oskar voller Erwartung.

»Nie aus dem Herzen« und »Gerade angefangen«, sagte Monique beschwichtigend. Sie sah, dass niemand mehr an der Rezeption anstand, entschuldigte sich, ließ die beiden stehen und lief weg wie ein Hund, der von der Leine gelassen wird. So schnell sie konnte, trug sie ihren Namen und ihre Adresse in das Formular ein, das ihr vorgelegt wurde – mit vorgehaltener Hand, aus Angst, dass Michaela oder Oskar ihr über die Schulter gucken und etwas sehen könnten, was nicht stimmte, etwas, wovon sie vielleicht selbst noch nichts ahnte.

»Die Nummer Ihres Passes, bitte«, sagte die Empfangsdame und gab ihr das Blatt zurück.

»Ist das wirklich nötig?«, fragte Monique. Sie wollte ihren Pass nicht hervorholen, denn sie sah, dass Michaela und Oskar auf sie zusteuerten.

Die Empfangsdame nickte säuerlich.

»Findet ihr nicht, dass es hier stark nach Fisch riecht?«, fragte Monique. Das erstbeste Ablenkungsmanöver, das ihr in den Sinn kam, war blödsinnig und wirkte wie eine Beleidigung an die Adresse der Empfangsdame. Oskar und Michaela sogen die gekühlte Luft der Empfangshalle ein und schienen zu glauben, Monique habe einen Scherz gemacht, der zu einem ichthyologischen Kongress passte.

Mit ihrem elektronischen Schlüssel in der Hand rannte

Monique so schnell sie konnte zum Aufzug. Sie erklärte ihre Hast mit dem Wort »Toilette«. Der Geruch von verdorbenem Fisch, den sie gerade eben erfunden hatte, bohrte sich tief in ihre Nasenlöcher. Es folgte eine Welle von Übelkeit, die sich sogleich legte, als sich die Aufzugstüren drei Stockwerke höher wieder öffneten. Auch der Fischgeruch war verschwunden.

Das Hotelzimmer gefiel Monique nicht. Sie war auf der Suche nach Räumen ohne Gedächtnis. Räume, in denen praktische Gegenstände sich auf keinem anderen als dem ihnen zugewiesenen Platz befanden und die Reproduktionen an den Wänden keine Gefühle hervorriefen. Räume, in denen die Füße eines Menschen, der dafür bezahlt wurde, zweimal am Tag dieselbe Runde drehten, in denen durch Reinigungsmittel ausgetrocknete Hände sämtliche Spuren eines früheren Lebens immer wieder aufs Neue verschwinden ließen. Dieses Zimmer erfüllte die meisten dieser Voraussetzungen. Es machte indessen einen weniger zurückhaltenden Eindruck als das vorige, weil es hässlicher war. In die Wände waren Spiegel und Stücke von braunem poliertem Marmor mit goldenen Zierrändern eingearbeitet, unterbrochen von reißerischen türkisfarbenen Seestücken und Schranktüren, die mit ocker- und silberfarbenem Samt bezogen waren. Monique machten hässliche Dinge, die viel Mühe gekostet hatten, immer ein bisschen traurig. Sie stellte sich vor, wie geduldige Fachleute Stunde um Stunde mit großem technischem Können und nicht nachlassender Sorgfalt das Zimmer verschandelt hatten.

Statt die Klimaanlage abzuschalten, wickelte sich Monique in den mit gelben Rosen bedruckten Bettüberwurf. Der Kopf ließ sie in Ruhe. Um sie herum war es still. Vielleicht fühlte es sich so an, ein Fisch zu sein.

Michaela lauschte gebannt ihrem Vortrag, und auch Oskar schaute sie an, als höre er ihre Worte zum ersten Mal. Sie hatten den Stuhl zwischen ihnen für sie frei gehalten. Soeben hatte Oskar sie gefragt, ob er sie auch mit ihrem echten Vornamen anreden dürfe, und nachdem sie das achselzuckend zugestanden hatte, hatte er jeden an sie gerichteten Satz mit »Stefanie« eröffnet und abgeschlossen.

Beide klatschten ausgiebiger als der Rest der Zuhörer. Vielleicht versuchten sie auf diese Weise, den Applaus von »höflich« zu »wohlwollend« hochzutreiben. Ohne ihre Bemühungen hätte Monique wahrscheinlich gar nicht bemerkt, dass sie hier eher geduldet als geschätzt wurde. Dieser erste Kongresstag hatte eine ordentliche Ladung Ethik mitbekommen. Das Aussterben des Roten Thunfischs, der am stärksten bedrohten Tierart des vergangenen Jahres, stand im Mittelpunkt. Nachdem man den Saal verdunkelt hatte, wurde ein Film über einen Fischmarkt in Tokio gezeigt. Monique hielt das, was sie auf der Leinwand erblickte, zunächst für aufgereihte Torpedos, bis ihr klar wurde, dass es sich um eine lange Reihe ausgehöhlter und aufgeblähter Thunfische handelte. Sie wartete auf einen kleinen Herzkrampf oder einen anderen stechenden Schmerz beim Anblick von so viel Leid und machte sich Sorgen, weil dieser ausblieb.

»Können Sie mich hören, dort hinten?«, wollte der nächste Redner wissen. Sollte seine Stimme nicht bis in die hintersten Reihen dringen, würde er keine Antwort erhalten, was der Mann dann wahrscheinlich als Zustimmung auffassen würde. Monique war der Meinung, dass es sehr wohl dumme Fragen gab. »Was mache ich hier?«, zum Beispiel.

Oskar und Michaela hatten an diesem Tag offenbar nicht die Absicht, von ihrer Seite zu weichen. Wie zwei magnetisch angezogene Leibwächter leisteten sie Monique beim Besuch eines Cafés am Meer Gesellschaft, wo Oskar sie auf ein Kännchen Ouzo und einen Teller gebackenen Käse einlud und wo sie die Hälfte von Michaelas Schachtel Zigaretten wegrauchte. Beständig wiederholte sie »Darf ich«, »Danke« und »Entschuldigung«, Worte, die jedes Mal mit »Nimm nur«, »Du brauchst nicht zu fragen« und »Iss« beiseitegeschoben wurden. Beide schienen miteinander um Moniques Freundschaft zu wetteifern. Manche Themen wollten sie lieber »ein andermal« anschneiden. Mit einem für Monique bestimmten Seitenblick auf den anderen gaben sie dabei zu erkennen, dass der Inhalt nicht für fremde Ohren bestimmt sei.

Ihr letzter Anflug von Ärger gegenüber diesen selbst ernannten Freunden versank in einem Pfuhl von komfortabler Müdigkeit. Monique beschloss, sich steuerlos darin treiben zu lassen. Entspannt massierte sie ihre Waden und beantwortete die interessierten Fragen über ihr Leben und ihre Auffassungen. Teils log sie, teils nicht. Als Michaela Apfelsaft bestellte, zwinkerte sie ihr zu, und weil Stefanie den Grund kennen musste, zwinkerte Monique zurück. Einmal wunderte sich Michaela darüber, dass sie keine Schwester haben sollte, doch bevor Monique eine Erklärung liefern konnte, verbesserte sie sich selbst: Es war Stefanies Nichte, die damals vier Tage in ihrer spanischen Wohnung zu Besuch gewesen war. Monique nickte, schloss die Augen und öffnete sie wieder. Im Hafen liefen grüne und weiße Schiffe ein und aus. Steuerleute erwachten aus Meeresträumen, warfen Taue auf den Kai und erwiderten bissig die Begrüßungen der Gegenseite.

Dieser Nachmittag kam ihr vor wie eine gläserne Brücke

über einen aufgewühlten Fluss. Das Jetzt hatte sich schon schlimmer angefühlt, fand Monique.

Später an diesem Tag breitete sie die Einsamkeit, die sie mitunter so feindselig überfallen konnte, genügsam über sich aus. Unter ihr lag ein Stapel dicker Hotelkissen. Sie blickte auf ihre beweglichen Handgelenke, und ihr wurde bewusst, dass die Flucht dort begonnen hatte, beim Handgelenk des Tiktaalik, das es ihm erlaubte, sich aus dem Wasser emporzustemmen und das eiskalte, nasse Reich zu verlassen, in dem Fische von größeren Fischen gefressen wurden. Unser konfliktscheuer Vorfahre hielt wenig von Wachstum, Panzerung und Tarnung. In der Hoffnung, dem Kampf zu entfliehen, setzte er auf Beine.

Monique war sich durchaus darüber im Klaren, dass die angewachsenen Gliedmaßen eine Sache von Evolution und Instinkt gewesen waren und dass es überhaupt wenig Sinn hatte, Urteile über Lebewesen, dazu noch prähistorische, zu fällen. Dennoch fand sie die Flucht des Vorfahren ebenso verständlich wie feige und erkannte darin das Verlangen, dem eigenen Lebenskreis zu entschlüpfen. Die äußerste Form des Sichabwendens war wohl der Tod, ein Gedanke, von dem sie durchdrungen war, über den sie jedoch kaum sprach. Dennoch wartete sie nicht so sehr auf ihren Tod als vielmehr auf das Anwachsen einer dritten Hand, die sie unablässig beruhigend streicheln würde, oder eines zusätzlichen Hirnlappens, der eine fehlende, notwendige Einsicht hervorbrächte. Sie würde dem neuen Körperteil gehorsam an jenes Ufer folgen, für das er entstanden war, für das sie, Monique Champagne, am Ende zu leben schien.

Vorläufig blieb jedoch alles, wie es war. Sie stand auf, stellte sich gerade hin, atmete tief ein und aus. Danach wartete sie auf das, was ihr Körper tun würde. Der Leib hatte Lust auf ein Crooner-haftes Tänzchen, bei dem sie zu jeder vierten Zählzeit mit den Fingern schnipsen und mit dem Kopf eine drehende Bewegung vollführen musste. Sie schob den Körper in Richtung Spiegel, sodass sie besser sehen konnte, was er tat. Fingerschnipsend, doch immer ernsthafter fragte sie sich, ob sie ihren Lebenskreis tanzend gegen einen anderen eintauschen könnte. Derwische taten das im Herumwirbeln.

Nachdem sie eine Stunde geschwitzt hatte und die Muskeln bis zum Äußersten aufgewärmt waren, hörte sie auf zu tanzen. Sie befand sich noch immer in demselben Hotelzimmer, wo alles an seinem Platz geblieben war. Sie schaltete ihren Laptop ein und ging ihre E-Mails durch. Ihre Mutter fragte, wo sie sei. Diederik schien wie immer von depressiven Wahnvorstellungen beherrscht zu sein, der Gegenstand seiner E-Mail war »Nahtod-Erfahrung«. Sie löschte beide Nachrichten, viel Spam und eine Einladung zu einem Geburtstagsfest von jemandem, den sie lange nicht gesehen hatte. Dagegen öffnete sie eine E-Mail von Nootjes. Er teilte ihr mit, dass ihr Handy anscheinend durchgehend ausgeschaltet sei und er sie auf diesem Weg von der Annullierung ihrer Auftritte in Odessa und Istanbul in Kenntnis setzen wolle. Die Veranstalter hätten festgestellt, dass ihr Beitrag sich nicht so gut in die allgemeine Thematik einfüge wie zunächst erwartet, und sie sähen sich wegen dieser beschränkten Eignung sowie ihrer finanziellen Verantwortung genötigt, von einer weiteren Zusammenarbeit abzusehen. Das habe nichts mit der Qualität ihres Beitrags zu tun, betonte Nootjes. Doch sie könne jetzt zunächst ruhig nach Hause fliegen.

Monique ließ sich ihren Ärger nicht anmerken und schrieb ihm freundlich zurück, sie habe kein geeignetes Ladegerät für ihr Handy finden können, welches infolgedessen unbrauchbar geworden sei, und sie sei froh, dass es bei ihrem Auftritt in Wladiwostok, auf den sie sich sehr freue, bleibe, oder habe sie das falsch verstanden?

Man hatte ihr also abgesagt. Das war schlimmer, als nicht gebeten zu werden. Zuerst hatte man gedacht, man könne etwas mit ihr auf die Beine stellen, aber bei näherem Hinsehen hatte sie sich als doch nicht so gute Idee entpuppt. Man hatte sich näher mit ihr befasst, hatte bei anderen Informationen über sie eingeholt, und als sich der Eindruck einer Enttäuschung von Mal zu Mal bestätigte, waren die Vorbehalte gegen ihren Auftritt immer größer geworden. Schließlich hatte man sie, den großen Irrtum, nur noch als unnütz, vielleicht sogar als lästig betrachtet.

Die Ablehnung war wie ein Seeigel, der sich Moniques Speiseröhre hinunterarbeitete und in ihrem Magen liegen blieb. Das herumwühlende Tier würde dort rasch auf Kumpane stoßen, die meisten älter und größer, mit stärkeren Tentakeln und schärferen Zähnen, alle jedoch aus derselben giftigen Materie gemacht. Vielleicht war ihr Schluckauf auf alles zurückzuführen, was ihr auf dem Magen lag. Das Wissen darüber, dass dieses Phänomen auch bei der Kaulquappe zu beobachten war, bot ihr wenig Trost.

Die herannahende Nacht versprach graue Träume über Gegenstände, die verloren gingen, unlesbare Handschriften und verletzende Bemerkungen, die man zunächst nicht richtig versteht. Morgen würde sie ihre Panik bezwingen und sich selbst aus dem Zimmer jagen, durch die Stadt und weiter bis ans Meer.

Am ersten Tag, an dem sie ein Taxi zum Strand nahm, begann sie mit einem Ritual, das ihr helfen sollte, ihren verlängerten Aufenthalt auszufüllen. Überbrückungszeiten verlangen nach einer Struktur, fand Monique. Jeden Tag würde sie eine Stunde lang in kontrolliertem Bruststil zwei Kilometer offene See durchpflügen.

»Es wird mich den Fischen näherbringen. Auch geistig«, vertraute sie Michaela an, die sie bei diesem ersten Mal begleitete und gleichzeitig mit ihr über eine Welle hüpfte. Sie waren so ziemlich die Einzigen, die sich in das kalte Wasser wagten. Von einer Bank aus blickten drei braun gebrannte alte Männer mit Schiebermützen regungslos und dennoch aufmerksam auf die beiden Frauen in ihren Badeanzügen, deren Stoff durch die Nässe mit einem dunkleren Farbton übertüncht wurde.

Monique ließ sich ganz ins Wasser gleiten. Nach ein paar Zügen blickte sie sich nach Michaela um, die stehen geblieben war und von einem Rätsel gebannt zu sein schien.

»Warum fliegst du nicht nach Hause?«, erkundigte sich ihre Freundin.

Monique nahm es sich selbst übel, dass sie Michaela von den abgesagten Lesungen erzählt hatte. Das Geräusch, mit dem sie eine Welle durchbrach, betonte die Stille.

»Es ist schön hier«, antwortete sie so gleichgültig wie möglich, während sie zum Rückenschwimmen überging.

»Fehlt dir denn das Baby nicht? Und dein Mann?«

»Doch, natürlich«, sagte Monique. Etwas übermütig behauptete sie, dass es für junge Kinder besser sei, über eine längere Zeit von ihrer Mutter getrennt zu sein als über verschiedene kürzere Zeiträume nacheinander.

»Das glaube ich nicht. Ich würde nie wegfahren.« Michaelas bläulich angelaufene Lippen bebten beim Sprechen, und ihre Zähne klapperten kurz. Tropfen von Meerwasser traten zwischen den Stoppeln auf ihrem Schädel hervor und liefen ihr die Wangen hinunter. Sie schien Monique plötzlich weniger zu mögen, wandte sich ab und schwamm weg, schwamm immer noch, als Monique nach einigen energischen Unterwassersaltos wieder auftauchte und sie zwischen den Wellen suchte. Sie trat Wasser, bis Michaela kehrtmachte und auf sie zuschwamm. Aus der Ferne sah so ein schaukelndes geschorenes Köpfchen eigenartig aus, fand Monique. Wie es ruckte und zuckte, wie unregelmäßig es sich bewegte. Erst als Michaela nur noch etwa zehn Meter von ihr entfernt war, begriff Monique, dass sie heftig schluchzte. Wie gewöhnlich bestand Moniques erste Reaktion in einer Verlangsamung, wobei sie nichts fühlte, sondern das vollkommen neue Bild − schwimmende heulende Frau − in stiller Verwunderung aufsaugte. Erst allmählich wurde ihr bewusst, dass dies keine Situation war, in der sie einfach nur interessiert zuschauen konnte. Mit aller Macht strampelte sie Michaela entgegen.

»Was ist denn los?«, fragte Monique, als sie näher gekommen war. Michaelas rot geäderte Augen in ihrem aufgedunsenen Gesicht starrten geistesabwesend. Für einen ermutigenden Schulterkniff war sie zu glitschig, daher folgte Monique der hektischen Schwimmerin mit langsamen Zügen zum Strand. Auch dort flossen die Tränen unaufhörlich weiter, als wäre Michaela ein Schwamm, der einen großen Kübel Meerwasser aufgesogen hat, das er nun wieder loswerden muss. Dazu stieß sie Geräusche aus, die unter anderen Umständen vielleicht hätten erregend sein können. Monique breitete ein Handtuch über die zuckenden Schultern und hockte sich neben Michaela in den Sand. Ich weiß nicht, wer das ist, dachte sie, ich weiß nicht einmal, wer sie ist. Die Tränen stellten ihre Geduld auf eine harte Probe. Dagegen war sie machtlos. Je mehr Kummer sie hinter den dicken, versiegelten Türen ihres eigenen Archivs verborgen hielt, desto stärker wurde sie vom Leid anderer abgestoßen. Als ob sie ihm keinen Glauben schenkte. Als ob die Isolation, in die ihr Schmerz sie geführt hatte, sie hätte vergessen lassen, dass sie durch etwas getroffen worden war, von dem sie zuvor gedacht hatte, es würde nur anderen passieren.

Michaela bemerkte ihren Widerwillen nicht und erzählte kurzatmig, wie sehr sie ihn geliebt habe, wie sehr er geliebt worden sei, was für eine Wut sie manchmal, wie still ihre Nächte, wie finster ihr Herz, wie unerträglich alle Lieder, wie zerstört ihre Zukunft, wie unerschöpflich ihre Tränendrüsen, wie absurd ihre persönliche Geschichte, wie banal sein Versuch, eine andere zu lieben, wie schlecht sein Gedächtnis, wie ständig wiederkehrend ihre Erinnerungen, wie schmerzhaft jedes Wiedersehen, wie verliebt zu Beginn.

Beruhigend klopfte Monique auf das Handtuch um Michaelas zuckenden, vornübergebeugten Rücken. Nach einigen Augenblicken ertappte sie sich dabei, dass sie beim Klopfen den Rhythmus von Miriam Makebas *Pata Pata* angenommen hatte, erschrocken fragte sie sich, wie lange schon. Vergeblich bemühte sie sich, auf einen anderen Rhythmus überzugehen, doch selbst als Michaela sie verstört anstarrte: *Pata Pata.* Sie klopfte jetzt auch ein bisschen stärker. Dagegen half nur Aufstehen.

»Komm«, sagte sie. »Zieh dich um.«

Zwei von den drei alten Männern saßen nicht mehr auf der Bank. Heulende und tröstende Frauen reichten nicht aus, um ihre Faszination aufrechtzuerhalten. Der eine, der nicht von seinem Posten gewichen war, beugte sich leicht nach vorn und stützte seine Ellbogen auf die Knie. Gebannt blickte er auf eine Möwe in unmittelbarer Nähe von Monique und Michaela, während die beiden Frauen unter ihren Handtüchern ihre Badeanzüge abstreiften. Michaela lächelte kurz, als sie sah, dass Stefanie sich über das umständliche Span-

85

nen ärgerte. Morgen möchte ich hier allein sein, dachte Monique.

Am selben Abend wartete sie mit ihrer Freundin auf einen Bus, der diese zum Flughafen bringen sollte. Bevor Michaela einstieg, umarmte sie Stefanie.

»Es kommt mir gar nicht so vor, als ob wir uns lange nicht gesehen hätten«, sagte sie. Bevor Monique ihr vollmundig beipflichten konnte, fügte sie hinzu: »Eigentlich bist du meine beste Freundin.«

Monique winkte ihr nach. Als der Bus längst verschwunden war, waren die Stellen an ihrem Körper, die Michaela mit dem ihrigen berührt hatte, immer noch rot vor Scham.

Sie hatte gedacht, dass die Aussicht, anderthalb Wochen allein in dieser Stadt zu bleiben, ihr Erleichterung verschaffen würde. Nachdem sie ein paar Kilometer durch die belebten Straßen gelaufen war, konnte sie nur noch an ihre Füße denken. In einem Restaurant zog sie unauffällig ihre drückenden Schuhe aus. Sie bestellte eine mit Reis gefüllte Paprika, die sie so langsam aufaß, dass ein Kellner sie fragte, ob etwas mit dem Essen nicht in Ordnung sei. Sie redete sich ein, dass die Art, in der er sie weiterhin lauernd im Auge behielt, höfliche Aufmerksamkeit signalisieren sollte. Nach ihrem vierten Glas Retsina und ihrer zehnten Zigarette beachtete er sie nicht mehr.

Zurück in ihrem Hotelzimmer, fragte sie sich, ob Oskar schon abgereist sei. Sie rief die Rezeption an, die sie sofort mit seinem Zimmer verband. Nachdem eine Weile eine Sirtaki-artige Wartemelodie zu hören gewesen war, teilte die Frau mit, dass Oskar nicht anwesend sei.

Sie machte einen verzweifelten Eindruck, fand sie, so wie sie auf die hässlichen Reproduktionen an den Wänden, den

Reisewecker auf dem Nachttisch starrte. Als würde ihr Oskar fehlen. Darum unterdrückte sie den Drang, sein Manuskript zu lesen. Außerdem versuchte sie immer noch, allem, was nicht Sachbuch war, aus dem Weg zu gehen. Besser, sie läse etwas Wissenschaftliches, etwas über Kabeljau; ihr Studium war schon seit einiger Zeit in den Hintergrund geraten, und die Entwicklungen verliefen rasant. Sie müsste zum Beispiel dringend herausfinden, was es mit den isländischen Fischern nun genau für eine Bewandtnis hatte.

Sie ließ die Hochglanzseiten eines Buches über die Ozeane durch ihre Finger gleiten. Das schwere Nachschlagewerk war dafür verantwortlich, dass sie schon dreimal eine Buße beim Aufgeben ihres zu schweren Koffers hatte zahlen müssen. In ihrem Handgepäck war dafür kein Platz. Vergeblich versuchte Monique zu verstehen, was sie aus den Grafiken, die darin standen, ablesen sollte. Weil es ihr nicht gelang, zappte sie frustriert durch mediterrane Fernsehkanäle. Bei jedem Daumendruck auf den Gummiknopf fühlte sie sich dümmer, dicker und fauler werden. Alles war besser als das, dachte sie, also auch Oskars Manuskript. Die Frage drängte sich auf, ob Fischers Liebe zu seiner Skilehrerin Bestand gehabt hatte. Sie stieß die Unterseite des Blätterstoßes auf dem Nachtschränkchen glatt und begann zu lesen.

Als er nach Hause kam, erzählte Fischer seinen Eltern, dass es ein schönes Skilager gewesen sei. Eher beiläufig erwähnte er etwas über eine nette Lehrerin. Wie er erwartet hatte, fragte seine Mutter nach ihrer Adresse, damit Fischer ihr zum Dank eine Karte schicken konnte. Zu seiner Freude bekam sie schnell heraus, dass Franzi Knoll nicht weit entfernt wohnte.

Auf einem Parkplatz vor einem Supermarkt auf dem Weg zu ihrem Haus zog er einen großen Karton aus einem Stapel hervor. Diesen füllte er mit seinen Gliedmaßen und seinem Rumpf, steckte seinen Kopf zwischen die Knie und schloss die Klappen über seinem Kopf. Komfortabel konnte er seine Haltung nicht nennen, doch sie erfüllte ihren Zweck.

Es musste etwas geschehen, wodurch sie auf ihn aufmerksam werden und ihn wiedererkennen würde.

Eine Frau mit einem Kinderwagen erschrak, als er das Aufspringen übte.

»Soll das etwa witzig sein?«, fragte sie.

Fischer zuckte verschämt mit den Schultern. Witzig war nicht das richtige Wort.

»Du bist doch eigentlich schon zu alt für so was«, sagte die Frau so geringschätzig wie möglich, bevor sie ihres Weges ging.

Fischer fragte sich, ob Franzi Knoll auch zu diesem Urteil kommen könnte. Andererseits sehnte sie sich nach ihm. Und es musste etwas geschehen.

Er hatte es sich so vorgestellt, dass sie auf dem Weg nach Hause angefahren käme und er knapp vor ihren Rädern aus dem Karton springen würde. Dafür schien ihre Straße jedoch zu befahren zu sein. Außerdem stand ein Wagen in der Auffahrt vor ihrem Haus. Weder Wagen noch Haus passten zu ihr, sie gehörten zum Spiel, das er durchschaute. Deshalb beschloss er, sein Kartongehäuse nicht in der Mitte der Fahrbahn aufzustellen, sondern vor der Auffahrt Platz zu nehmen. Sobald sie wegfuhr, würde er aufspringen.

Fischer faltete sich selbst so klein wie möglich zusammen. Sofort spannte sich jeder Muskel in seinem Kinderkörper, sein Rücken brannte, seine Waden schliefen ein, in seiner platt gedrückten Nase sammelte sich unabwischbarer Rotz, der Boden wurde mit jeder Minute härter und kälter.

Als auf den Karton geklopft wurde, war er vor allen

*Dingen erleichtert, weil er endlich aufstehen konnte. Auge
in Auge mit einem Postboten, schwenkte und schüttelte er das
Blut durch seinen Körper.*

*»Hab mir schon gedacht, dass da jemand drin ist«, sagte
der Mann. »Das ist gefährlich, mein Junge!«*

*Zusammen blickten sie einem außergewöhnlich großen
Raubvogel nach, der in einiger Entfernung über einen
Baumwipfel strich.*

*»Was für ein großer Vogel«, sagte Fischer so kindlich,
wie er vermochte. Er bewegte seine wiedererwachten Füße,
blieb aber im Karton stehen.*

Sie öffnete die Haustür, ohne ihn zu sehen.

*»Dieser junge Mann hatte sich in dem Karton versteckt«,
sagte der Postbote, während er ihr ein Päckchen überreichte.*

Sie musterte Fischer, als würde sie sein Porträt zeichnen.

*Tapfer erwiderte er aus seinem Karton heraus ihren Blick.
Sie erkannte ihn, wusste Fischer. Sie wusste, dass er kommen
würde, und da er jetzt gekommen war, dachte sie: Endlich.*

*Sie sagte, er solle tun, was er nicht lassen könne. Danach
schloss sie die Tür.*

*»Geh doch heim«, sagte der Postbote. »Da ist es schön
warm.«*

*Fischer nickte, doch er spähte noch lange nach oben, wo sie,
halb verborgen hinter einem Vorhang, ihn beobachtete.*

Jeden Tag nahm Monique Champagne einen Bus zum Meer.
Die Frau vom Empfang hatte ihr mitgeteilt, dass Oskar abgereist sei. Dass er sie nicht besucht hatte, nicht einmal, um vorläufig Abschied zu nehmen, bedauerte sie, auch wenn sie das
vor sich selbst nicht zugeben wollte. Sein Manuskript begann
sie zu fesseln. Die Mischung aus Begierde und Obsession, die
er beschrieb, rührte an eine Wahrheit, mit der sie Erfahrung

hatte. Der bizarre Österreicher wusste, was Unterwerfung bedeutete. Er wusste, dass die Liebe nicht zwangsläufig Liebenswürdigkeit erzeugte. Beim Lesen seiner Worte beschlich sie das Gefühl, dass sie ihn genau wie Franzi hinter dem Saum eines Vorhangs anstarrte. Um sich selbst zuzugestehen, jeden Tag ein kurzes Stück aus Oskars Werk zu lesen, legte sie sich zurecht, dass es sich hier nicht um echte Literatur handle, sondern nur um den Text eines Bekannten.

Tag für Tag ließ sie sich auf dem Rücken im blauen Wasser treiben und blickte in die Luft, die kein Wölkchen Ablenkung bot. Fische kamen nicht in ihre Nähe.

Als sie sich einmal vom Rücken auf den Bauch drehte, sah sie, dass ein Mann und eine Frau am Strand ihre Sachen durchsuchten. Der Mann, den sie als den Spanner wiedererkannte, der Michaela und sie von der Bank aus angeglotzt hatte, öffnete ihren Rucksack. Die Frau schüttelte ihr Handtuch aus. Vielleicht in der Hoffnung, dass Juwelen darunter versteckt sein könnten, dachte Monique. Sie schwamm so schnell sie konnte zum Strand und planschte lautstark aus dem Wasser.

Das Paar hörte sofort mit dem Suchen auf. Sie deuteten auf die Sachen und dann auf Monique, und als diese nickte, schüttelten sie ihr herzlich die Hand. Ihre lachenden, fast gerührten Augen und ihre kleinen, molligen Gestalten erstickten jeden Protest im Keim. Die beiden sprachen kein Englisch, nur ein Deutsch, von dem sie wenig verstand. Untereinander benutzten sie das Griechische, doch der Mann schien auch damit seine Mühe zu haben.

Zu Moniques Verwunderung blieben sie beide stehen und schauten zu, wie sie sich abtrocknete. Sie drehten sich diskret um, als sie ihren Badeanzug unter dem Handtuch auszog, doch kurz nachdem sie ihr T-Shirt übergestreift hatte, blickten sie wieder über ihre Schultern und fingen an zu winken. Es war ein theatralisches, weit ausholendes Winken. Monique begann schon zu glauben, sie werde von zwei betagten Pantomimespielern auf den Arm genommen. Es war die Art, wie sie lächelten, unschuldig und verheißungsvoll, die sie dazu bewog, ihnen über den Strand zur Straße zu folgen. Sie blieb an ihrer Seite, bis sie vor der türkis gestrichenen Tür ihrer Wohnung standen.

Das bescheidene Wohnzimmer war vollgestopft mit bestickten Kissen und bemalten Eiern. Weil leidenschaftlich in Richtung einer ledernen Couchgarnitur gedeutet wurde, nahm Monique dort Platz. Anschließend zeigte der Mann ihr ein bemaltes Ei, das viel größer war als die anderen.

»*Ostrich«,* sagte Monique, worauf die Frau, die sich gerade hingesetzt hatte, wieder aufstand, sich hinunterbeugte und ihren Kopf zwischen einigen bestickten Kissen verbarg. Um anzudeuten, dass sie die Nachahmung verstanden habe und von der Größe des Eis beeindruckt sei, nickte Monique mit aufgerissenen Augen und Lippen, die einen O-Laut umrahmten. Damit schien sie dem Paar viel Freude zu bereiten.

Die Frau eilte in die Küche und kam mit einem tiefen Teller voller Baklava zurück. Weil das Schwimmen sie hungrig gemacht hatte, lehnte Monique nicht ab. Die beiden Alten schauten genüsslich zu, wie sie sich die gesamte Portion einverleibte, während sie ihren Blick durch das Zimmer schweifen ließ. Nirgends stand das Foto, das sie erwartete, ein Bild aus den Achtzigerjahren, auf dem ein Mädchen zu sehen war, das jetzt in ihrem Alter wäre, wenn nicht eine Ecke des Rahmens mit einem schwarzen Band versehen wäre. Eine verstorbene Tochter, irgend so etwas musste es doch sein, dachte sie. Was machte sie hier, wenn es nicht jemanden zu ersetzen galt?

Es folgte ein Wortwechsel zwischen dem Mann und der

Frau, der in einen kleinen Streit auszuarten schien, bis die Frau Hände und Blick gen Himmel warf, um anzudeuten, dass ihr Mann tun solle, was er nicht lassen könne. Monique stand auf. Gefolgt von der Frau, ließ sie sich von dem Mann über eine schmale Treppe zu einem improvisierten Gemüsegärtchen auf einer Dachterrasse führen. Aus einem Kastenbeet grub er eine Kartoffel aus, die er mit breitem Lachen in der vorgestreckten Hand hielt und über die er das eine oder andere erzählte, was Monique nicht verstand. Er überreichte sie ihr.

Die Situation regte zu buddhistischem Verhalten an. Sie kam sich etwas albern vor, als sie dem Mann mit aneinandergelegten Handflächen und einer Verbeugung dankte. Die Kartoffel steckte sie nach kurzem Zögern in ihre Sporttasche. In den äußersten Winkeln ihrer Augen spürte sie das Stechen von kleinen, scharfen Tränen. Wie sehr wünsche ich mir, dass er hier wäre, dachte Monique Champagne, wie gut hätten er und ich dies teilen können. Sie konnte sich vorstellen, dass Thomas wie ein Kind dreingeblickt hätte, wenn er die Kartoffel in Empfang genommen hätte. Genau wie sie hatte er eine Schwäche für liebe alte Leutchen.

Die Frau streckte ihren Arm aus. Sie hatte ihren Zeigefinger unter einem Taschentuch versteckt, brachte ihn an einen von Moniques Augenwinkeln und tupfte diesen beherzt trocken.

»Das Licht«, sagte der Mann auf Deutsch, und er nickte mit halb zugekniffenen Augen zur Sonne hin, die Moniques Tränen erklären sollte.

Sie zeigte auf die Uhr und machte entschuldigende Gesten in Richtung Tür. Ihr Aufbruch wurde akzeptiert, wenn auch mit Bedauern. Die beiden Alten gestikulierten und brachten Laute hervor, womit sie zu verstehen gaben, dass man sich ganz bestimmt einmal wiedersehen müsse und sie in ihrem Haus stets willkommen sei.

Im Flur, schon auf dem Weg zur Haustür, fiel Moniques Blick auf drei mit Reißzwecken an der Wand befestigte Fotos. Sie zeigten Wandmalereien, auf denen Fische abgebildet waren. Monique blieb stehen und beugte sich vor, um sie von Nahem zu betrachten. Das Paar lief auf sie auf.

»*Sankt Calixtus!*«, rief der Mann.

»*Catacombs! Roma!*«, ergänzte die Frau.

Monique deutete mit Gesten an, dass sie das Foto besser an der Wand hängen lassen sollten, sie könne es nicht annehmen. Als wollten sie sie mit einem Kinderreim zum Lachen bringen, sagten der Mann und die Frau im Chor: »Ièsous Christos Theou yios sotèr: Ichthys.«

Fisch.

»Was?«, fragte Monique.

Sie lockten sie wieder zurück an den Küchentisch. Der Mann führte den Kugelschreiber, den die Frau geholt hatte, wie eine Gänsefeder und schrieb: Ièsous Christos Theou Yios Sotèr = Ichthys.

»Jesus Christus, Gottes Sohn, der Erlöser«, in der Sprache des Neuen Testaments. Obwohl sie nicht religiös war, hatte Monique Mühe, dieser auffälligen Tatsache keine Bedeutung zuzumessen. Wenn sie sich dazu brachte, Gott als die Natur anzusehen, dann lag es auf der Hand, das gegenwärtige Plündern der Fischbestände als einen modernen Mord an einem Göttersohn zu interpretieren.

Lange und dankbar nickte sie den beiden alten Engeln zu, die darauf bestanden, dass sie eines der Fotos zu der Kartoffel in die Tasche steckte.

In der eiskalten Eingangshalle des Hotels kam die britische Delegierte des WWF, der sie in Tallinn aufmerksam zugehört hatte, auf sie zu.

»Sie sind hier Außenseiterin, nicht wahr?«

Monique fragte sich, ob sie etwas über die Absagen wusste. Warum blickte die Frau sie an, als erwarte sie einen Zaubertrick von ihr? Monique beschränkte sich auf ein zurückhaltendes Nicken.

Die Frau erkundigte sich, ob sie nie daran gedacht habe, für den WWF zu arbeiten. Monique spürte, wie eine Welle von Müdigkeit sie überschwemmte. Sie antwortete, sie glaube, ihren Kampf allein führen zu müssen.

»Ich habe die Absicht, ununterbrochen im Namen der Fische zu reisen«, sagte Monique. Ihre Zunge und Lippen schienen eingeschlafen zu sein, sie brachte die Wörter kaum heraus und musste sich anstrengen, die Augen offen zu halten.

Die Frau tippte ihr neckisch auf die Schulter, bevor sie nach draußen eilte. Es war Monique ein Rätsel, weshalb ihre Antwort als witzig empfunden wurde.

Mit dem Geschmack einer unbestimmten Beleidigung auf der Zunge schleppte sie sich zum Aufzug. Sie war sich jetzt sicher, von den beiden Alten aus dem Gleichgewicht gebracht worden zu sein, weil sie sie mit ihren seltsamen Geschenken und ihrer aufrichtigen Wärme gerührt hatten. In ihrem gemütlichen Wohnzimmer war geräuschlos eine Flutwelle aufgestanden. Nun rollte die Welle anschwellend und unabwendbar in ihre Richtung, bereit, sie zu Boden zu werfen. Der Teppich im Flur zu ihrem Zimmer blinzelte verstohlen. Seufzend führte Monique die Karte in ihren bebenden Fingern durch das Schloss. Sie war zu müde, um die Tür von innen zu verriegeln, und ließ sich auf die Matratze fallen.

Der Traum kam sofort. Vom Meer aus sah sie, dass das

alte Ehepaar ihr zuwinkte. Wieder folgte sie ihnen über den Strand, die Häuserreihe entlang bis zu ihrer Wohnung. Dort stieg sie eine Treppe, die kein Ende zu nehmen schien, zu einer unerreichbaren Dachterrasse hinauf. Jedes Stockwerk, zu dem die Treppe führte, war kleiner und niedriger als das vorherige. Monique kletterte immer weiter. Auf Bauch und Ellenbogen wand sie sich zu den nächsten Stufen empor, bis sie ihre Glieder nicht mehr enger zusammenfalten und ihren Kopf nicht mehr heben konnte. Die Wände, die sie umschlossen, waren aus Karton. Von außen her prasselten Stimmen und Gelächter dagegen. Sie erkannte nur Thomas. Die Stimme der heiseren Frau, mit der er sprach, klang froh. Als der Karton über ihrem Kopf eingedrückt wurde, konnte Monique Nasenlöcher und Mund nicht mehr von ihrem Oberschenkel lösen, was sie am Atmen hinderte.

»Hallo, geiles Mädchen«, sagte Thomas.

»Hallo, starker Mann«, sagte die Frau.

Das Geräusch von knickendem Karton vermischte sich mit zweistimmigem Keuchen und der langsamen, schmatzenden Konversation von Geschlechtsorganen. Von Moniques Beinen und Ohren gingen pochende Adern aus, die sich um ihre Lungen wickelten und ihr Herz würgten, bis es platzte.

Sie öffnete die Augen, konnte jedoch ihren Körper nicht bewegen. Die Welle war noch da, um sie in Erinnerungen zu ertränken. Um sie mit Thomas zu überspülen. Monique blieb nichts anderes übrig, als zu warten. Der Schmerz musste als Wasser über sie kommen, und er kam. Nichts als meterhoch niederschmetterndes Wasser, das sie peinigen, am Ende jedoch wieder abebben würde. Thomas erschien hinter Wasserschleiern und aufspritzenden Tropfen, in allen Zimmern ihres gemeinsamen Heims, allen Fahrzeugen, die er gesteuert, allen Kleidern, die er getragen hatte. Vergeblich versuchte sie, ihre gelähmten Finger um das Decklaken zu klammern. Sie spürte, wie sie hochgehoben wurde. Wie das Bett, der Radiowecker und der kleine Tisch steuerlos umhertrieben und gegen die Wände stießen. Er verschwand und erschien wieder auf ihren Reisen, ihr Beschützer, ihr Bewunderer. Der Schmerz ist nichts als Wasser, sagte sich Monique, und sie wiederholte den Satz wieder und wieder, während sie nach Luft schnappte und die Welle erneut über ihren Kopf hinwegrollte. Thomas' Geruch, den sie glaubte vergessen zu haben, erfüllte das Zimmer. Ihr schlaffer Körper weigerte sich, die mit Samt bezogenen Türen des Einbauschranks festzuhalten. Sie wollte ein heruntergefallenes Bild ansteuern, wie ein Hai, der auf ein Surfbrett zuschwimmt, wurde jedoch willenlos in die entgegengesetzte Richtung gespült. Der Schmerz ist nichts als Wasser, wollte sie schreien, doch der Schmerz war fortwährende Vergangenheit, unvollendete Vergangenheit, störrische, nie nachlassende Vergangenheit mit jemandem, der sie nicht mehr liebte. Sie musste Wasser treten, durfte nicht in den leeren Ozean mitgerissen werden, aus dem die Welle gekommen war.

»Liebster!«, rief Monique Champagne, bevor sie unterging.

Parenthese — Ferne Meere

Auf dem Flughafen trennen sie sich und blicken über die Schulter zurück, im selben Augenblick, drei Mal nacheinander. Weil sie die Einzigen dort sind – alle Koffer und Geschäftsleute und Familien sind nur Rauch. Darum.

Sie hat zu viel Erfahrung, fällt jedoch beinahe in Ohnmacht, als er ihren Arm berührt. »Wir machen ein Kind!«, keucht er, während sie sich lieben. Sie wartet lange, findet, dass neues Leben nur so gezeugt werden darf, sagt dann überglücklich: »Nein.«

Er legt *The Winner Takes It All* von ABBA auf, und sie wendet den Blick von ihm ab, überrascht von ihren Tränen. Ihretwegen hat er eine andere verlassen, doch sie weint um die Verliererin. Er wird auch sie besiegen, wenn er das will, weil sie keine gute Gewinnerin ist, er schon.

Sie lauscht, während er sich die Zähne putzt. Wie immer ächzt er dabei leise. Sie lässt das Wasser in ihren Mund laufen, spuckt, lacht. »Kennst du das Geräusch, das du beim Zähneputzen machst?« Er kannte es nicht. Er kannte es nicht ohne sie.

Er redet mit einer Freundin, und sie wird von einer Eifersucht überwältigt, die neu für sie ist. Erschüttert zieht sie sich zurück, verbirgt beschämt ihren Kopf, als er sie findet. Sie sagt, es sei verwerflich, und er ruft: »Dummerchen! Es ist unnötig!«

Während ihrer ersten gemeinsamen Reise – griechische Insel, Bodrum, Izmir – sehen sie, durch die Heckscheibe des Wagens eines türkischen Freundes, ein Plakat, auf dem der Star Mustafa Sandal angekündigt wird. Sie lesen den Namen des Sängers gemeinsam und bekommen, nachdem sie sich einen kurzen Blick zugeworfen haben, einen Lachanfall, der drei Tage andauert. Jetzt wissen sie es sicher: Sie gehören zusammen.

»Wie konntest du das tun?«, fragt er. »Was?«, fragt sie. »In meinem Traum. Mich so betrügen.« Sie lacht, träumt dann, warum. Als sie beide die Augen wieder öffnen, fassungslos erstaunt, schmollt sie: »Weil du es zuerst getan hast.« Sie lachen, hellwach jetzt. In dieser Nacht tanzen sie stundenlang durch das Haus.

Im Wagen, an zerbröselten Feiertagen, nennen sie die Scheidungen ihrer Eltern Irrtümer, die niemandem weitergeholfen haben. Fehler und zugefügter Schaden werden gegeneinander abgewogen und mit Verteidigungen verwoben, bis Stimmen verhärten und Bremsen quietschen.

Sie sind nachts zusammen, an einem fernen Meer. »Sieh nur«, sagt er und zeigt auf die Sterne, erzählt ihr alles, was er über sie weiß. Sie sagt »Ja«, blickt nach unten, legt ihre Hand auf die kleine Konstellation von Sommersprossen unten an seinem Rücken, linke Seite. Sie weiß alles.

Er erzählt tragische Jugendgeschichten. Sie breitet ihre Arme immer weiter aus. Manchmal hält ihre Hand beim Streicheln inne, und sie teilt ihm mit, sie könne nicht seine Mutter sein. Zwei Mal nennt sie ihn aus Versehen »Papa«.

Während sie Gemüse schneiden, singen sie das Liedchen aus der Reklame für Heinz Sandwich Spread aus den Achtzigern. Lauter als früher, schauspielernd, verwundert über die Gehirnzellen, die es behalten haben: eine von ihm, eine von ihr.

Sie betrachtet sich selbst: Sie schreit wie eine Furie. Dass er sie übertrieben wütend machen kann, denkt sie. Dass er etwas Schmutziges aus ihr herauskitzelt, etwas Frauchenhaftes. Sie zeigen öfter unangekündigt die Zähne, verdrehen Worte auf drastische Weise. Seine Stimme ist die tiefste, die lauteste.

Er fragt sie, ob sie weiß, wie viel ihre Bücher wiegen. Das erste 288 Gramm und das zweite 345 Gramm. »Sie werden schwerer«, fasst er zusammen. Sie weiß nicht, warum sie lacht, als ob sie nicht verstünde, denn sie denkt: Du bist mein Mann, ich fress dich.

Als sie die Augen aufschlägt, sitzt er auf dem Bettrand und sieht sie an. Er sagt: »Du bist meine Liebste, ich bin verliebt, du machst mich geil, ich will bei dir sein und mit dir schlafen. Und gleichzeitig bist du mein Freund. Du bist auch mein Kumpel! Das habe ich noch nie zuvor erlebt!« Sie denkt: Komisch, beim Mann davor gab es genau so einen Augenblick.

Das ist nicht sie, die meckert und Meinungen über das Schälen von Champignons äußert. Das ist nicht er, der automatisch das Essen als lecker bezeichnet, ohne den Blick von der Wiederholung einer Sitcom-Folge zu wenden. Das sind nicht sie. Sie tun nur so. Sie sind Helden.

Wie sie einander vermissen, wenn sie für eine gewisse Zeit getrennt werden. Er klingt ein bisschen schwach und will, dass sie sich am Telefon auszieht. Bei ihrer Rückkehr ist er abgemagert, denn sie sorgt dafür, dass er ordentlich isst. Obwohl es wenige Menschen gibt, die so vermissen können wie sie, möchte er lieber, dass sie nicht so oft verschwindet.

Sie geht rückwärts unter, denn er ist hier, sie atmet ruhig, denn er ist hier. Er streut Brotkrümel ins Wasser, lässt Guppys um ihre Taille schwimmen, lässt sie die Fische fühlen. Sie weiß nicht, ob sie ohne ihn tauchen würde, denn er ist hier, sie weiß nicht, wer sie ist, denn er ist hier. Er zeigt ihr Unterwasserberge. Er ist hier.

Er kauft ein Fahrrad und ein Schloss, und gerade als sie glaubt, dass er sie ein bisschen weniger liebt, stellt sich heraus, dass das Schloss mit ihrem Geburtsdatum zu öffnen ist. Fühlt er sich unbehaglich, weil sie sich so darüber freut?

Ein alter Mann in einem Dritte-Welt-Land bittet um Seife. Er gibt ihm ein Pröbchen Shampoo. Der Mann zeigt auf seinen kahlen Kopf, und sie sagt: »Gib ihm Seife.« Er sagt, er sei kein Wohltäter. Nein, wahrhaftig nicht, denkt sie.

Sie schlafen neben einem Sonnenschirm ein. Als sie ihn weckt, ist ihrer beider Haut heiß, rot, roh. Wochenlang nehmen sie es sich selbst übel und muntern sich gegenseitig auf. Sie teilen Schmerzen, Aftersun und vorsichtiges Miteinanderschlafen.

Sie kaufen ein Haus, küssen sich feurig auf Einweihungsfesten und fangen betrunken miteinander Streit an. Natürlich hat sie ein Kind auch immer einen beängstigenden Gedanken gefunden. Aber jetzt doch nicht mehr? Jetzt sind sie doch zusammen! Er möchte ihre gesamte Aufmerksamkeit für sich haben, sagt er einem Gast. Sie wird besorgt angeschaut und erwidert den Blick sorglos.

Zusammen entfliehen sie Haus, Garten, Streitigkeiten, Verwandten, Freunden und was auch immer. Auf Reisen werden ihre Unterschiede zu Ergänzungen. Nach einigen Flugstunden finden sie ihre eigene Stadt eigentlich ganz schön. Wie wunderbar, denkt sie. Und dann: Was nun?

Nach einem Streit lässt er sie nachts allein durch ein fremdes Land irren. Sie hat ihn nie darum gebeten, sie zu beschützen, findet sie. Als sie nach einer Höllenfahrt mit einem betrunkenen Fahrer das Bett erreicht, schnarcht er laut. »Verlass ihn«, meißelt die rasende Wut hundertfach in ihr Herz.

Sie sind sich rührend einig darin, dass es unerträglich ist, »Diskusion« statt »Diskussion« zu sagen und »Sose« statt »Soße«. Auch über die Unausstehlichkeit einiger Leute schließen sie Übereinkünfte. Lästernd erklären sie einander ihre Liebe.

»Ich würde einen guten Kriminellen abgeben«, sagt er, vielleicht nicht ganz ohne Hintergedanken. »Was meinst du damit?«, fragt sie. »Was heißt das?« Während er schweigt, gräbt sie unter ihrem Pulli, unter ihrer Haut. Die Hälfte ihres Herzens ist weg. »Dieb!«, schreit sie, auf dem Weg zur Tür.

Jeden Tag ruft er sie mehrmals an und schweigt. Sie wartet, bis er es macht. Und dann macht er es. Hehehe. Lachen wie ein Giftzwerg. Manchmal ist sie die Erste. Hehehe. Jeden Tag lieben sie sich als Giftzwerge.

Endlich dreht er sich um zwischen den Laken, die sie mit ihrem Schweiß durchweicht hat. »Sieh mich an mit diesen Augen«, flüstert sie drängend. Als er sie anstarrt, zittert sie, schüttelt den Kopf. Das sind nicht die Augen, die sie meint.

Auf einem Fest ignoriert er sie, scheint vergessen zu haben, wer sie ist, als er Frauen durch die Luft wirft, die er zu küssen scheint. Seiner Meinung nach existiert das alles nur in ihrem Kopf. In dieser Nacht träumt sie, dass sie jemanden würgt.

Er ist verliebt, verliebt, verliebt, und darum muss er gehen. Sie rennt weg und fällt auf die Knie. Fünf Tage später ist er kuriert. Die andere ist hübscher, aber weniger bewundernswürdig, auch wenn Bewunderung allein nicht ausreicht. Mit ihrem Kopf zwischen den Händen schaut sie unentwegt auf ihre blauen Knie.

Er ist viele ungreifbare Menschen zugleich, genau wie sie. In allem andern sind sie verschieden. »Ich bin eben so« ist der Wahlspruch, den er uferlos wiederholt, umso häufiger, je näher das Ende rückt. Sie hasst die Arroganz hinter diesem Satz, die Faulheit, die Wahrheit, das Unvermögen. Denn sie wird sehr wohl von der Liebe verändert, sie passt sich an, unaufhörlich, ohne sich zu wehren. Sie schon.

Dennoch schimmert bei ihm manchmal noch ein Mensch durch, dem sie alles vergeben kann. Dann glaubt sie, es stimmt, dass er so ist und sie anders und beide so schwierig und doch so füreinander geschaffen. Sie wird von Dankbarkeit und unbändiger Freude überrascht, weil sie beide am Leben sind, nebeneinander im selben Zimmer.

Einmal sagt er, leiser, als sie es von ihm gewohnt ist: »Du hast mich auch verändert. Du hast mich zu einem besseren Menschen gemacht«, und als sich ihre Lippen zu einem zögernden Lächeln formen, fügt er mit plumper Eile hinzu: »Aber dadurch auch zu einem schwächeren. Das kann ich mir nicht erlauben.«

Sie knetet seine Worte zu kleinen harten Kugeln und wirft sie neben seinen Kopf. Sie ist jetzt endgültig allein. Bevor sie ihn kennenlernte, verlor sie nie. Er hat sie an ein Glück glauben lassen, unter dem sie zuvor nicht gelitten hatte.

Abend für Abend lieben sie sich wild auf dem sinkenden Schiff. Er filmt sie, als sie Karategriffe demonstriert, und sie lässt ihn lachen. Wie schnell er lacht, wie froh er wirkt, auf dem sinkenden Schiff. Als sie ins Ausland flüchtet, will er sie nackt am Telefon haben.

Natürlich liebt er sie noch. Als sie ihn fragt: »Aber nicht genug?«, verfällt er in ein Schweigen, das zum Sterben ist. »Nicht genug für den Streit«, sagt er, der im Eiltempo vergisst, der seinen Anteil verleugnet, der nicht weiß, dass jemanden lieben auch heißt jemanden halten. Menschen, die ihn zufällig treffen, meinen hinterher, er sei abgemagert.

»Jeder ist allein«, sagt er jetzt, obwohl das ihr Satz war, auf den er damals erwiderte, er finde es so schön, wie sie miteinander verschmölzen. »Ich muss nicht unbedingt nur verlieren«, sagt sie deshalb, doch sie ist Milliarden Jahre alt und weiß, dass der Kummer immer gewinnt. Sie bildet ihr Geburtsdatum, das Fahrradschloss bleibt geschlossen.

Es ist eine unlogische Geschichte, in der sie die Rolle einer Frau spielt, die, auf dem Weg zu ihm, Herzen unter ihren Sohlen zermalmt und die, als sie endlich zusammen sind, endlich angekommen, verstoßen wird. Dass sie für ihn ist, was diejenigen, die sie hinter sich ließ, für sie sind, ist unmöglich. Was soll dann der ganze Ewigkeitswert?

Es gibt so etwas wie den offiziellen letzten Tag, nach Wochen, in denen er sie hat fühlen lassen, dass er sich in keiner Weise mehr bemühen wird. Er hat beschlossen zu fallen, sagt er, und lange allein zu sein. Am Tag nach dem letzten Tag hat er eine andere – eine andere Geschichte, versichert er ihr. Weil sie sich zu spät von ihm abwendet, küsst er sie auf die Lippen.

Er kommt zurück, um etwas zu holen, wahrscheinlich seine Post oder einen Karton, den sie mit seinem Leben gefüllt hat und mit dem Teil des ihrigen, der etwas mit ihm zu tun hatte – Zukunft, Souvenirs, unsichtbares Kind. Als sie sagt, dass sie nicht weiß, was sie mit den Fotos machen soll, stürzen sie einander in die Arme wie kolossale Wellen.

Als sie auf dem Flughafen über ihre Schulter blickt, ist er verschwunden. Der Koffer eines Geschäftsmannes stößt gegen ihr Schienbein, er bemerkt es nicht. Eine Familie winkt der Person hinter ihr zu, und sie winkt zurück, winkt monatelang weiter, wartet.

Schwarzes Meer

Von Schriftstellern sagt man, sie hätten mehr als andere Menschen das Bedürfnis, das eigene Leben als eine Geschichte aufzufassen. Trotz ihrer wiederholten Behauptung, der Schriftstellerei abgeschworen zu haben, besaß Monique Champagne diese Neigung noch immer, nun sogar in leicht erhöhtem Maße. Hätte sie jemand gefragt, was ihr in Athen widerfahren sei und warum sie nun schon mehr als zehn Tage in ihrem Hotelzimmer biwakiere, dann hätte sie eine tragische, doch nachvollziehbare Antwort gegeben. Sie sei von ihren zeitweiligen Arbeitgebern, die nicht begriffen, wie ernst es ihr mit der Rettung der Fischbestände war, abgewiesen worden. Danach hätten die Verhätschelungen eines wildfremden Seniorenpaares sie weich werden lassen. Allein in einem Hotelzimmer in einer fremden Stadt, hätte sie nicht verhindern können, dass ein Damm brach. Schon seit Monaten habe sie sich äußerste Mühe gegeben, nicht mehr an die große, ihr entglittene Liebe zurückzudenken, doch unter diesen Umständen – neue Abweisung, unerwartete Sympathie, Isolation – hätten sich die Erinnerungen nicht länger stilllegen oder auf Abstand halten lassen. Wie eine Flutwelle habe die Vergangenheit sie auf den Sand geschmettert. Wie ein heftiger Hagelschauer seien die Bilder und Gespräche auf sie niedergeprasselt. Fragmentarisch, höchst schmerzhaft, aber irgendwie auch logisch. Das war es, was Monique Champagne berichten würde, sollte sie jemand, der es wirklich wissen wollte, hartnäckig danach fragen.

In dieser ganzen Zeit verließ sie das Hotelbett nur, um im Bad aus dem Wasserhahn zu trinken oder auf die Toilette zu gehen. Was sie alle zwei Tage an Nahrung bestellte, wurde bereitwillig bis auf Armlänge herangerollt. Zimmermädchen erkundigten sich pflichtbewusst, ob sie Zimmer 210 immer noch auslassen dürften. An der Tür wünschten sie ihr eine rasche Genesung von ihrer Grippe. Vorhänge blieben geschlossen.

Während dieser scheinbaren Lethargie entspross jedoch eine zweite Geschichte dem Gehirn von Monique Champagne, eine Erklärung, die sie in zunehmendem Maße lieb gewann, die sie jedoch meinte besser für sich behalten zu müssen. In dieser Version war die Begegnung mit dem alten Ehepaar weniger vom Zufall geprägt.

»Ièsous Christos Theou yios sotèr«, sang sie manchmal. Es klang von Mal zu Mal religiöser. Dann und wann schickte sie ein kurzes Kichern hinterher. Es lag alles so auf der Hand: die Ursachen, die Folgen, der große, übergreifende Zusammenhang.

Sie war auseinandergefallen, als er wegging, und das hatte einen Sinn.

Sie hatte von Büchern auf Fische umgeschaltet, und das hatte einen Sinn.

Sie war abgewiesen worden und zurückgeblieben, und das hatte einen Sinn.

Denn das alte Paar war gesandt worden, um die Göttlichkeit des Meeres und die Notwendigkeit ihrer Mission zu bestätigen. Ichthys. Das hatte Monique jetzt verstanden.

Die Welle von Kummer, die auf die Begegnung gefolgt war, konnte nichts anderes als eine Katharsis gewesen sein. Alle Erinnerungen waren darin gebündelt und über sie ausgegossen worden. Sie wäre um ein Haar in ihnen ertrunken, doch sie hatte sich zu behaupten gewusst. Es war eine Taufe gewesen, eine Wiedergeburt. Jetzt war sie neu und bereit für das, was kommen würde. Nun war sie also, in gewisser Weise, im Lichte dieser neuen, erfrischenden Logik, nun war sie – und natürlich wusste sie nur zu gut, dass der Gedanke einige Vorsicht verlangte – eine Prophetin.

»Ièsous Christos Theou yios sotèr.«

Monique sang schöner denn je.

Es blieb ihr jedoch verwehrt, in Nachfolge von Christi vierzig Tagen in der Wüste noch etwas länger in ihrem Hotelzimmer zu bleiben. Nootjes setzte sie wieder in Bewegung. Sie erschrak, als das Telefon auf dem Nachtschränkchen klingelte. Aus Angst, sie könnte ein zweites göttliches Zeichen vielleicht nicht mitbekommen, und auch einfach aus Höflichkeit hielt sie den Hörer ans Ohr.

»Was ist los?«, erkundigte sich Nootjes. Er klang nicht verstimmt, wohl aber auf der Hut. »Sie sind krank, sagte mir die Dame von der Rezeption?«

»Ich bin genesen«, antwortete Monique Champagne, bemüht, die Ekstase in ihrer Stimme ein wenig zu dämpfen.

»Das freut mich. Ich hätte Sie schon früher anrufen sollen. So eine kurze E-Mail, um mitzuteilen, dass zwei Auftritte annulliert wurden. Das ist ja auch wirklich keine Art. Sie müssen wohl sehr enttäuscht gewesen sein?«

»Es geht«, sagte Monique.

»Als ich Sie nicht übers Handy erreichen konnte, habe ich nicht sofort daran gedacht, das Hotel anzurufen. Aber das ist eigentlich keine Entschuldigung. Ich möchte mich hiermit in aller Form bei Ihnen entschuldigen.«

»Nicht nötig«, sagte Monique lachend.

»Wladiwostok steht tatsächlich immer noch auf dem Programm. Die Russen waren begeistert von Ihrem Beitrag, das findet also auf jeden Fall statt. Und das ist doch sehr schön, nicht wahr? Schon mal da gewesen? Wladiwostok?«

»Nein«, sagte Monique, »ich bin sehr gespannt.«

»Jaja, kann ich mir denken, ist etwas Spezielles, wissen Sie, eine ganz andere Welt. Aber gut, weshalb ich eigentlich auch anrufe, ist Folgendes. Weil wir Sie nicht in unnötige Ausgaben stürzen wollen, nachdem Sie jetzt da unten krank geworden sind, werden wir die zusätzlichen Nächte im Hotel selbstverständlich übernehmen. Die Absagen waren ja vermutlich schon ein Strich durch Ihre Rechnung.«

»Ach, das ist gar nicht nötig«, begann Monique, die mit dem Geld gerechnet hatte.

»Doch, doch, das ist das Mindeste, was wir tun können. Es ist mir sowieso schon unangenehm genug, wie die Sache gelaufen ist. Worum ich Sie allerdings wohl bitten würde, jetzt, wo Sie wieder gesund sind, ob Sie vielleicht, eventuell, nicht dass es jetzt so-fort, aber in nächster Zeit ...«

»Ich checke heute noch aus«, sagte Monique munter. Sie fand selbst, dass es höchste Zeit sei. Den Heimflug, den ihr Nootjes anbot, schlug sie aus. Stattdessen würde sie Oskar und Michaela einen kleinen Besuch abstatten.

Dass eine gewisse Zahl von Wissenschaftlern ihren Beitrag zum *39th CIESM Congress* in Istanbul für unwichtig befunden hatte, bedeutete nicht, dass das Desinteresse gegenseitig war. Seit fast einem Jahrhundert schon untersuchte die CIESM sämtliche Veränderungen im Mittelmeer und im Schwarzen Meer. Monique fand, sie sei es den Fischen schuldig, hinzugehen. Außerdem wollte sie den Bosporus sehen.

Oskar und Michaela würden, nach einem Symposium in Odessa, jetzt auch auf diesem Kongress zu Gast sein. Die beiden schienen an viel mehr Kongressen teilzunehmen als andere Wissenschaftler. Das konnte ein Hinweis auf ihre Sachkenntnis sein oder auf ihren Mangel an einem richtigen Leben. Aller Wahrscheinlichkeit nach lag eine Kombination von beidem vor. Würde es ihr gelingen, Oskar und Michaela über den göttlichen Status der Fische aufzuklären? Sie musste behutsam vorgehen. Als Naturwissenschaftler würden sich die beiden vermutlich nicht so einfach auf eine spirituelle Frage einlassen, doch Monique fand, dass sie eine Form der Abhängigkeit ihr gegenüber gezeigt hatten, die gut zu Jüngern passte.

Bereits am Abend des Tages, an dem Nootjes sie angerufen hatte, wuchtete Monique Champagne ihren großen Koffer in einen Bus nach Piräus, dem Hafen von Athen. Dort ging sie an Bord eines Schiffes, das sie nach Bodrum bringen sollte.

Bodrum war nicht ohne Erinnerungen und daher nicht ohne Gefahren. Sie versuchte, es als günstiges Zeichen anzusehen, dass sie ihre erste Reise mit Thomas im Namen ihrer Mission wiederholte. Dadurch sollte unterstrichen werden, dass sie jetzt noch höhere Ziele verfolgte.

Sie teilte das Schiff mit Familien, die, obwohl sie an die zehn verschiedene Sprachen beherrschten, die meiste Zeit über schwiegen und in das Blau des Meeres und der Luft starrten, genau wie Monique. Schuldbewusst dachte sie an die Verschmutzung und die Lärmbelästigung, die der maritime Tourismus unter Wasser verursachte. Als ein Mitglied der Besatzung ihre Fahrkarte kontrollierte, fragte sie den Mann, ob er jemals Fischer gewesen sei.

Mit einer ruhigen, rauen Stimme antwortete er: »Ich nicht.« Als er alle Karten kontrolliert hatte und wieder bei ihr vorbeikam, fügte er noch hinzu, dass der Kapitän dagegen von der Fischerei auf die Personenschifffahrt umgestiegen sei, jedoch nur ungern darüber spreche. Den Fischern gehe es nicht besonders gut, sagte er.

Monique hörte zu und nickte. »Sie haben sich ihre eigene Arbeit weggenommen«, sagte sie dem Fahrkartenkontrolleur. »Die Meere werden leer.«

Er nahm ihre Worte ernst in sich auf und sagte dann: »Es gibt auch immer mehr Münder, die gefüttert werden müssen.«

Wieder nickte Monique.

»Kollektiver Selbstmord ist die einzige echte Lösung, um unseren ökologischen Fußabdruck etwas leichter zu machen«, sagte sie. Vielleicht lachte ihr Gesprächspartner nicht über ihre Worte, weil sie dabei so sanft und entgegenkommend dreinschaute. Als Monique selbst zu kichern begann, fiel er, offensichtlich erleichtert, ein. Dann verabschiedete er sich mit einem kurzen Gruß. Sie sah ihn nicht mehr wieder.

Sie erinnerte sich an die Anlegestelle in Bodrum, den kühlen Raum, in dem man sein Visum bekam, die Verkaufsbuden für Zigaretten. Sie sah Thomas hingehen, um den Preis zu kontrollieren. Damals fand sie: Er denkt oft ans Geld.

Auch den Bus schien sie wiederzuerkennen, und den Mann, der Kölnischwasser in ihre Hände goss, und die Arbeiter, die draußen Kefir tranken; alles, außer den leeren Platz neben sich. Und dann erblickte sie Mustafa Sandal, immer noch, als sei die Zeit stehen geblieben, seit sie über ihn gelacht hatten. Als sei das Leben damals angehalten worden. Auf dem Plakat an der Wand eines Stadtteilzentrums hielt der Sänger seinen Mund geöffnet vor ein Mikrofon, seine Augen geschlossen in einem gequälten, zum Himmel gerichteten Gesicht.

Auch Monique Champagne schloss ihre Augen. Sie stellte sich Fische vor, und sie summte dazu: »Ièsous Christos Theou yios sotèr.« Die Fische kippten auf die Seite und stiegen mit dem Bauch nach oben zur Wasseroberfläche auf, doch Monique drehte sie immer wieder tapfer um. »Ièsous Christos Theou yios sotèr.« Monique Champagne konnte das, in Gedanken Fische retten. Sie hielt ihre Augen lange geschlossen, bis der Schwarm vollzählig wieder weiterschwamm.

Die Landschaft zwischen Bodrum und Istanbul zog vorbei. Monique war fest entschlossen, jede Böschung, jedes Gebüsch und jeden vorbeilaufenden Türken inständig zu bewundern. Aus ihrem offen stehenden Rucksack blickte sie Oskars Manuskript verheißungsvoll an. Das Manuskript gewann. Schließlich war es wichtig, den Schriftsteller zu ergründen, um den Wert ihres zukünftigen Jüngers zu ermessen. Nachdem sie sich diese Ausrede ausgedacht hatte, las sie in einem Zug bis zum Ende.

Fischers Obsession für Franzi Knoll blieb nicht nur bestehen, sie wurde stärker. Die Hauptfigur wuchs heran, und die Geschichte entpuppte sich als eine Art sadomasochistischer Kriminalroman. Der kleine Fischer lauerte seiner Skilehrerin weiterhin in Kartons, Supermärkten, Zügen und, sooft er konnte, auf verschneiten Bergeshöhen auf. Sein Interesse für den Wintersport gefiel seinen Eltern, die er schließlich dazu brachte, Fräulein Knoll als seine persönliche Lehrkraft anzuheuern. Warum die betreffende Frau das alles geschehen ließ, warum sie sich dazu entschloss, ein Geheimnis mit dem beunruhigenden Jüngelchen zu teilen, wurde von Oskar Wanker wie folgt erklärt:

Der Grund für ihr Schweigen war nicht, dass Fischer ein Kind war und niemand ihr die Macht, die er über sie ausübte, glauben würde. Im Grunde genommen hätte ein ernstes Gespräch mit seinen Eltern genügt, um ihn von sich abzuschütteln. Aber Franzi Knoll wollte ihn nicht missen. Jemand

hatte angeboten, all ihren Schmerz aufzufangen, und hatte
ihr bei diesem Angebot gerade in die Augen geblickt.

Auf welche Art und Weise dieser Schmerz aufgefangen wurde, das hatte Oskar Wanker ausführlich und mit großem Vergnügen auf den Seiten ausgeschmiert. Reißzwecken, Batterielader und Brotschneidebretter kamen dabei zur Anwendung, doch Schnee spielte bei diesen Folterpraktiken die Hauptrolle, wie auch in dem Kapitel mit dem Titel »Der innere Schneemann«:

Zur Feier von Fischers fünfzehntem Geburtstag füllte ihn
Franzi Knoll haufenweise mit Schnee. Sie drückte das weiße
Pulver in seinen Mund und weiter in seinen Hals und presste
eine geraume Zeit zwei gefüllte Fäustlinge gegen seine Ohren.
Fischer entblößte sein Gesäß, zog die nackten Hälften vorn-
übergebeugt vor ihr auseinander und flehte zähneklappernd:
»Da auch!« Sie nannte ihn einen Schmutzfinken, konnte ihm
jedoch nichts abschlagen.

Der Junge und seine Skilehrerin zeigten sich besonders kreativ, wenn es um Schmerz und Schnee ging, doch während seine herannahende Volljährigkeit ihn bereits von einer Ehe träumen ließ, schien sie ihm immer mehr aus dem Weg gehen zu wollen. Die gemeinsamen Ausflüge in die Berge wurden seltener, und Fischer verlegte sich wieder auf das Stalken.

In Beziehungen, die von der Norm abweichen, geschieht es
häufiger, dass einer der Mittäter an einem bestimmten Punkt
nicht mehr mitspielt, besorgt um seine eigene Seele, aus Sehn-
sucht nach Normalität. Schon beim ersten Augenkontakt
hatte Fischer die verborgensten Wesenszüge von Franzi Knoll
entdeckt, doch der Feigling in ihr war ihm entgangen.

Die Umgebung, in der er sie ertappte, war ebenso konven-
tionell wie der Mann, von dem sie sich den Hals küssen ließ.
Er wartete am Ausgang des Kinos und lächelte ihr freundlich

zu, als sie mit ihrem Begleiter, der seinen Arm um ihre
Schultern gelegt hatte, an ihm vorbeilief.

Am nächsten Tag rief sie ihn an und schlug vor, darüber zu reden. Die Höflichkeit, mit der sie diese Bitte vorbrachte, quäl-
te ihn maßlos, aber er ging darauf ein. Als sie ihn abholte,
um ein letztes Mal die Haarnadelkurven den Berg hinauf zu
erklimmen, zeigte er ihr ein Messer und bat sie, es richtig zu
gebrauchen, aber:

Da schien sie es doch zu können – ihm etwas abschlagen.
Er schenkte ihr die Ehre, ihn mit Genuss zu ermorden, doch
sie wollte nicht, wollte versuchen, normal zu sein, schien
danach zu streben, weil sie den leeren Begriff mit Reinheit
verwechselte.

Es folgte ein Streit, während dessen es Nacht wurde und die
Temperatur sank. Als sie ihn auf den Knien anflehte, zum Wagen zurückzukehren, brannten ihm die Sicherungen durch.

Obwohl Fischer diesbezüglich keinerlei Erfahrung besaß,
erwartete er nicht, dass eine Zurückweisung gänzlich ohne
Schaden ablaufen würde. Die befremdende Stümperhaftig-
keit, mit der Franzi die Sache anging, überschritt jedoch
seine Toleranzgrenze. Es liefen Tränen aus ihren Eisaugen,
Rotz über ihre Lippen aus Stahldraht. »Das kann ich nicht
mit ansehen, Franzi!«, schrie er einige Male, bevor er ihr das
Messer in die Brust stieß. Da er sie zum ersten Mal nicht
Fräulein Knoll genannt hatte, schien es noch lange so, als
habe er eine andere ermordet.

Monique mochte Fragen nach dem autobiografischen Gehalt
von Literatur nicht. Dennoch war Fischer im Lauf der Lek-
türe von einem kleinen blonden Kind zu einem Mann heran-
gewachsen, der Oskar Wanker zum Verwechseln ähnlich sah.
Hatte er sich ein Alter Ego geschaffen, um seinen Durst nach

Schmerz zu kanalisieren? Und verlangte er von ihr eine kritische Rezension oder eine Tracht Prügel?

Unsanft wurde Monique hin und her geworfen. Nach einem komplizierten Parkmanöver kündigte der Busfahrer an, es werde jetzt eine Viertelstunde Pause gemacht.

Von Touristen umgeben, näherte sich Monique einem kleinen Markt, der ihr unwirklich vorkam. Zwei Männer banden ein blökendes Schaf auf dem Dach eines kleinen Lieferwagens fest. Wie wenig hatte das alles mit Oskars Welt zu tun, und wie mühsam ließ diese sich abschütteln. Die Abenteuer von Fischer und Knoll zeigten, dass es um ihre eigene geistige Gesundheit noch recht gut bestellt war, sagte sich Monique. Dabei verschwieg sie vor sich selbst, dass sie beim Lesen einige Male das Bedürfnis verspürt hatte, jemandem einen harten Schlag zu versetzen. Wieder blickte sie auf ihre Hand. Sanft bewegte sie ihre Finger, sodass die Sehnen eine kleine Welle unter der Haut bildeten.

»Ièsous Christos Theou yios sotèr«, summte sie erneut. War sie wirklich die Einzige, die begriff, dass die Verbindung zwischen Jesus und Fisch auch den Tod eines Göttersohnes und die Überfischung miteinander verband? Ein taumelnder Wind blies durch ihre Kleider. Kurz darauf platzte ein Tropfen auf ihrem Unterarm, obwohl das nicht in die Jahreszeit passte. Monique konnte sich nicht enthalten, das als ein bestätigendes Zeichen anzusehen. Ihr wurde schwindlig. Warum war sie, ein Kind von Atheisten, auserkoren worden, diese Eingebungen zu empfangen? Und durch welchen Gott? Während die meisten Touristen zurück zum Bus hasteten, schleppten Händler Fässer aus Läden und Häusern nach draußen, um den unerwarteten Regen aufzufangen. Thomas würde eher ihre geistige Gesundheit infrage stellen, als die Möglichkeit eines göttlichen Eingreifens in Erwägung zu ziehen. Er war ein überzeugter Ungläubiger. Und abwesend.

Monique setzte sich wieder auf denselben Platz im Bus, drückte ihren Kopf gegen die Scheibe und spähte angespannt nach draußen. Sie musste sehr genau achtgeben. Die Zeichen und Anweisungen konnten überall verborgen sein.

Die Luft über Istanbul war dunkelblau, als der Bus die nasse nächtliche Stadt erreichte. Die angestrahlten Moscheen schienen für Postkartenfotografen und Landschaftsmaler zu posieren. Vögel kreisten um Minarette und hölzerne Häuser, die Scheinwerfer der Taxis ließen die Fahrbahn der Galatabrücke aufglänzen. Es gab eine Reihe von französischen Autoren des neunzehnten Jahrhunderts, die nach Istanbul gekommen waren, um hier über Syphilis und Melancholie zu schreiben, wusste Monique. Selbst verspürte sie keinerlei Bedürfnis, ihren Kummer auf eine Weltstadt zu projizieren. Außerdem schrieb sie nicht mehr. Beim Anblick der Straßenbeleuchtung überfiel sie eine ihrer ältesten Erinnerungen. Sie liegt auf der Rückbank des Wagens ihrer Eltern und weint. Nach einiger Zeit ist ihr Kummer vollständig verflogen, sie hört aber nicht auf zu schluchzen, weil der optische Effekt von Straßenbeleuchtung in nassen Augen sie interessiert. Auch jetzt, als sie durch das Busfenster auf die Straßenlaternen von Istanbul blickte, den Kopf an die Scheibe gelehnt, begriff sie, dass Kummer zuweilen nichts anderes war als mühlenartig sich drehende Lichtlinien, die länger wurden, wenn man seine Wimpern dichter zusammenkniff.

Am nächsten Morgen begab sich Monique Champagne zum Hilton. Sie wusste, dass Michaela und Oskar wie die übrigen Kongressbesucher dort wohnten, und hoffte, ihnen über den

Weg zu laufen. Was sie selbst betraf, so hatte ihr Bankkonto sie davon überzeugt, in der billigsten Jugendherberge der Stadt Quartier zu nehmen. Sie besaß beinahe nichts mehr. Die Beendigung ihrer Schriftstellerlaufbahn, die Absagen und die Reisekosten boten wenig Aussicht auf finanzielle Besserung.

Nachdem sie in der Lobby des Hilton lange und erfolglos auf Oskar und Michaela gewartet hatte, machte sie sich auf den Weg zum Lutfi Kirdar Convention and Exhibition Center. Es hatte schon seit einiger Zeit aufgehört zu regnen, doch auf den Fußwegen und den marmornen Treppen der Moscheen standen Pfützen. Alle, die sie nach dem Weg fragte, nickten begeistert, doch jedes Mal wurde sie in die falsche Richtung geschickt.

Als sie auf einem autofreien Hügel das Kongresszentrum entdeckte, an dem Fahnen den *39th CIESM Congress* ankündigten, taten ihr die Füße so weh, dass sie sich kaum darüber freuen konnte, ihr Ziel erreicht zu haben. Die gläsernen Schiebetüren öffneten sich weit. Ein Windstoß fegte zusammen mit Monique ins Innere und wehte raschelnd einen Stapel Papier auf. Mit einem gezielten Schlag klatschte eine Pförtnerin die Blätter wieder auf ihren Tisch.

Es gab hier einen Scanner, sah Monique, gerade als sie daran vorbeigehen wollte. Die Pförtnerin hielt sie auf, indem sie »Lady« rief und resolut nach ihrem Namen fragte.

»Monique Champagne«, sagte Monique schüchtern.

Die Frau blätterte durch ihren Stapel und ließ ihren Blick mehrmals über eine Namensliste gleiten. In der Zwischenzeit tat Monique geduldig so, als wartete sie. An der hellgrauen Wand hing ein Gemälde, auf dem Atatürk und ein Pferd aus einem traumhaften blaugrünen Lichtschein hervortraten.

»Sie stehen hier nicht«, sagte die Frau.

Monique hatte keine Lust, etwas darauf zu erwidern.

Als die Türen vor ihr aufschwenkten, hörte sie, wie der Wind an ihr vorbeistürmte und den Blätterstapel erneut aufwehte.

Von dort, wo sie saß, bei den angepflanzten jungen Bäumen, konnte sie die Pförtnerin sehen. Die Frau schien sie vergessen zu haben. Monique befreite ihre geschwollenen Füße von den drückenden Schuhen.

Nach einer Dreiviertelstunde spie das Kongressgebäude einen Menschenstrom aus. Obwohl Monique sich äußerste Mühe gab, die ihr bekannten Gesichter nicht zu verpassen, wurde sie von Oskar entdeckt, bevor sie ihn sah.

»Du siehst müde aus«, sagte er. »Das hat doch nichts mit meinem Buch zu tun, hoffe ich?«

Monique folgte ihrem ausholenden Handgelenk und sah zu, wie ihre Hand Oskar kräftig auf die Wange schlug. Sie war selbst überrascht von dieser Geste. Obwohl sie an sein Buch anknüpfte, passte sie nicht zu dem wenigen Kontakt, den sie bisher mit Oskar gepflegt hatte. In seinem Blick ließ sie etwas Scharfes aufflackern.

Sie war froh, ihre Aufmerksamkeit auf Michaela richten zu können, die armeschwenkend auf sie zuhüpfte. Mit einem Helm von nachgewachsenen Haaren um ihren runden Kopf erinnerte sie stark an einen Schimpansen.

»Stefanie! Was machst du denn hier?«, rief sie. Die leicht dringliche Betonung in ihrer Stimme und das Stirnrunzeln, das sich in ihr Lächeln mischte, erinnerten Monique daran, dass Michaela diese neue, unnötige Reise unmöglich verstehen konnte.

»Mann und Kind sind diesmal mitgekommen«, sagte Monique.

»Oh!« Michaela jauchzte fast. Oskar wollte etwas sagen, überlegte es sich jedoch anders.

»Wir wollten uns schon so lange Istanbul ansehen, und die Türkei ist ein kinderfreundliches Land.«

»Ich würde sie gerne kennenlernen!«, rief Michaela.

Während sie in das lachende Gesicht blickte, begann Monique wieder Fisch zu riechen.

»Wir werden sehen, ob es sich ergibt«, sagte sie.

»Ja, natürlich.«

»Wie heißt das Kind?«, fragte Oskar.

Monique war überzeugt, dass die anderen ihren Herzschlag hören konnten und dass ihre Blutgefäße dem Druck nicht standhalten würden. Michaela hatte in Tallinn über einen Leon gesprochen, doch Monique hatte nicht herausfinden können, ob sie damit Stefanies Mann oder Kind gemeint hatte. Sie befürchtete, dass Michaela Geschlecht und Namen von Stefanies Baby sehr genau im Gedächtnis behalten hatte. Von Panik zum Äußersten getrieben, stolperte eine Aneinanderreihung von Klängen über ihre Lippen: »Joep.«

»Jupp?«, wiederholte Oskar.

»Ach, spricht man das so aus?«, sagte Michaela. Sie schien erleichtert zu sein, hierüber endlich Klarheit gewonnen zu haben. »Es schreibt sich doch mit einem o, nicht?«

»Ja«, sagte Monique, »Joep mit einem o.« Sie hatte es noch einmal geschafft, Stefanie zu bleiben. Als die anderen sie fragten, warum sie kichere, antwortete sie, sie habe an etwas denken müssen, was Joep an diesem Morgen getan habe.

»Es gibt eine wichtige Botschaft, die ich euch überbringen muss«, fuhr sie fort.

Der Hunger, mit dem Oskar und Michaela abwarteten, was sie sagen würde, bestärkte Monique in ihrer Überzeugung, dass sie gute erste Jünger abgeben könnten.

»Wusstet ihr, dass es einen Zusammenhang gibt zwischen Jesus und den Fischen?«

Oskar rutschte ein wenig auf seinem Stuhl hin und her, Michaela bewegte ihre Zehen und blickte konzentriert auf die wippende Schuhspitze.

»Wusstet ihr das?«, wiederholte Monique enttäuscht. Oskar und Michaela hielten ihren Kopf schief beim Nicken.

»Ichthys«, sagte Michaela. »Oder auch Ichthus.«

»Mit diesem Symbol«, sagte Oskar. Mit den Fingern zeichnete er zwei kleine Bogen in die Luft, die sich beim Schwanz kreuzten.

»Dann gibt es da auch so ein christliches Rockfestival in den Vereinigten Staaten«, bemerkte Michaela.

»Einige der Apostel waren Fischer«, wusste Oskar.

»Ihr seid Kenner«, sagte Monique. Die Feststellung verursachte ihr Juckreiz.

»Nein, nur katholisch erzogen«, sagte Michaela. »Du auch wahrscheinlich?«, fragte sie Oskar, der zustimmend nickte.

»Die ersten Christen zeichneten einen Bogen auf den Weg, wenn sie an einem Fremden vorbeigingen. Wenn der den Bogen ergänzte, offenbarte er sich auch als Christ, und alles war in Ordnung«, sagte Oskar.

»Man sieht so einen Ichthys manchmal auch als Autoaufkleber«, ergänzte Michaela.

»Das Zeichen scheint auch schon in der Periode vor dem Christentum benutzt worden zu sein, als ein Symbol, das auf die Sexualität und die Gebärmutter verwies.«

»Oh ja«, sagte Michaela, »das ist sehr gut möglich. Aphrodite hat auch so was mit Fisch.«

»Und die Vulva von Isis ...«, begann Oskar.

»Gut, ihr wisst also genauestens Bescheid!«, rief Monique.

»Was wolltest du sagen?«, fragte Michaela. Sie hatte etwas von einer erschrockenen Mutter.

Nach einer kurzen Pause sagte Monique: »Was ich nicht

verstehe, ist, dass anscheinend jeder den Zusammenhang zwischen Jesus und den Fischen kennt, aber niemand auf die Idee kommt, dass die Überfischung das Ende der Welt einläutet.«

Oskar blickte sie durchdringend unter seiner durchgehenden Augenbraue an und zupfte an seiner Unterlippe. Michaela legte wieder ihren Kopf schief und fragte freundlich: »Was ist denn der Zusammenhang?«

»Nun, der Fisch wird ermordet, genau wie der Sohn Gottes. Und die leeren Meere werden das Ende der Welt einläuten.«

Mit einer imponierenden Portion Willensanstrengung setzte Oskar dazu an, die Pose des Denkers von Rodin nachzuahmen.

»Und Gott ist dann für dich so etwas wie, zum Beispiel, die Natur?«, fragte Michaela. Es störte Monique, dass sie langsamer sprach, mit einem gezwungen klingenden kleinen Sonnenschein in ihrer Stimme.

»Zumindest ist es doch äußerst alarmierend!«, rief Monique.

»Natürlich!« Michaela lächelte, blickte jedoch besorgt drein.

Um die Spannung zu durchbrechen, wandten sie sich beide Oskar zu.

»Was für eine interessante Theorie«, sagte der.

Monique hatte den Eindruck, dass er nicht nur so tat, als habe ihn ihre Enthüllung getroffen. Seit der Ohrfeige schien er ihr vollkommen ausgeliefert zu sein. Sieh an, dachte sie, das ist ein Jünger.

Es kostete Monique wenig Mühe, die anderen zu überreden, dem Kongress fernzubleiben und einen ganzen Nachmittag mit ihr zu verbringen. Weil sie fanden, die Touristenfähre entlang des Bosporus sei eine zu große Umweltverschmutzung, nahmen sie eine Straßenbahn nach der anderen, bis sie in die Nähe des Schwarzen Meers gelangten. Von einem Hügel aus erblickten sie es.

»Das ist es also«, sagte Monique.

»Ja«, sagten die anderen.

Monique hatte gelesen, dass das Schwarze Meer eines der am meisten befahrenen Meere sei, doch die stille, leere Wasserfläche machte nicht diesen Eindruck.

Ein alter, freundlicher Türke schloss sich ihnen an und warf sich zum Reiseführer auf. Mit einer Hand voller Leberflecken zeigte er auf einen idyllisch anmutenden kleinen Hafen.

»Tot. Vollkommen tot«, sagte er.

»Keine Fische mehr?«, fragte Monique.

»Tot«, wiederholte der Mann gelassen. Er machte ein paar Schritte rückwärts, drehte sich um und stieg den Hügel hinab.

»Wahrscheinlich ist hier so wenig los, weil dieses Meer vollständig leer gefischt ist«, sagte Monique.

»Nein, seit Kurzem gibt es strengere Richtlinien«, sagte Michaela. Oskar nickte bestätigend.

Jede Maßnahme, die getroffen wurde, um die Meere zu entlasten, hätte Monique glücklich stimmen müssen. Dennoch spürte sie das Aufkommen einer neuen Unruhe. Was wäre, wenn Meere und Fische keiner Rettung mehr bedurften? Was blieb dann noch? In ihrem Hinterkopf sammelte sich Frustration an. Sie fühlte sich als unwissende und unwürdige kleine Prophetin. Zwei Mal nacheinander hatten Oskar und Michaela mehr gewusst als sie. Monique fragte sich, ob sie dabei war, den Verstand zu verlieren. Ob ihr Kummer ihn aufgefressen hatte.

Als ahnte Michaela, dass eine Glaubenskrise im Anmarsch

war, schlug sie vor, die Hagia Sophia zu besuchen und danach zum Marmarameer hinunterzufahren.

»Vielleicht können wir Joep und deinen Mann vorher kurz aufgabeln?«, fragte sie jovial.

»Ich bin schon gestern mit ihnen dort gewesen«, sagte Monique. »Aber ich würde gerne noch einmal hingehen.«

In der Hagia Sophia sonderte sie sich von den beiden anderen ab und betrachtete lange die byzantinischen Mosaiken. Sie hoffte auf eine Erkenntnis von prophetischer Dimension, doch die *Madonna mit Kind* schüchterte sie eher ein. Bei Jesus fühlte sie sich etwas geborgener. »Ichthys«, konnte sie neben ihm entziffern, in griechischen Buchstaben. Das war natürlich als ermutigendes Zeichen gedacht.

Im unteren Geschoss befand sich eine Säule mit einem Loch, vor der eine Reihe von italienischen Touristen Schlange standen. Monique steckte ihren Daumen hinein und strich mit den restlichen Fingern über den glatt polierten Stein, so wie sie es die Italiener hatte machen sehen. Sie ertappte sich dabei, dass ihr Wunsch nichts mit Fischen zu tun hatte.

Eine Straßenbahnfahrt und zwei Zugstationen weiter erreichten sie einen kleinen Markt, der aus der Entfernung einen fröhlichen Eindruck machte. Als sie näher kamen, zeigte sich, dass alle Stände vollgepackt waren mit Fischen aller möglichen Arten und Größen, manche tot, mit aufgeschlitzten Bäuchen, abgeschnittenen Flossen und aufgesperrten Mäulern auf einem Bett von Eis, andere halb tot, auf der Seite liegend in einem Behälter mit Wasser, zwischen toten und halb toten Leidensgenossen. Monique zwang sich, alles anzuschauen, obwohl sie das Bedürfnis hatte, die Augen zu schließen. Sie durfte sich nicht von den Zeichen abwenden. Sie lief immer schneller, bis Oskar und Michaela rennen mussten, um mit ihr Schritt zu halten.

Die drei folgten einem Pfad, der am Marmarameer entlangführte, für das es offensichtlich noch keine Richtlinien gab. Das Meer war übersät von Schleppnetzkuttern, als müsse in dieser einen Abenddämmerung der gesamte Fischbestand herausgeholt werden. Von Oskar und Michaela flankiert, sah Monique zu, wie die Schiffe ihre Netze ausbreiteten wie ausgeleierte, schlaffe, unbrauchbare Flügel, die sich unter Wasser in Mauern verwandelten, bevor sie wieder nach oben gezogen wurden.

»Wahnsinn«, sagte Oskar.

»Kriminell«, fand Michaela.

»Kinderschänder!«, rief Monique.

Sie hatte vor nicht allzu langer Zeit in einem kurzen Zeitungsbericht gelesen, dass eine Gruppe von britischen Tierschutzaktivisten festgenommen worden war, nachdem sie Angestellte eines Tierversuchslabors in der Öffentlichkeit der Pädophilie beschuldigt hatten. Damals hatte sie die Beschimpfungen als falsch empfunden, jetzt sah sie sehr wohl einen Sinn darin, Fischern ein »Kinderschänder« entgegenzubrüllen. Oskar und Michaela schienen sich nicht ganz schlüssig zu sein, ob Moniques Verhalten sie eher beunruhigte oder amüsierte.

»Ich bin den Kongressen entwachsen«, sagte Monique. »Es wird Zeit für echte Aktionen.« Die anderen wollten wissen, was sie im Sinn habe, und sie tat so, als hecke sie einen schlauen Plan aus, über den sie noch nichts verraten könne.

Auf dem weiteren Weg wurde viel über Belangloses geredet. Monique war das nur recht. Ein ununterbrochener Strom von Lauten. Wenn es beim Gehen für kurze Zeit still wurde, klang der Takt ihrer Schritte, im Duett mit dem raschelnden Stoff ihrer Regenjacke, wie der Rhythmus in dem Satz »Warum bist du nicht hier?«.

Ebenso wie die bedeutenden französischen Schriftsteller des neunzehnten Jahrhunderts und die meisten heutigen Touristen sahen sie sich Derwische an. Das hell angestrahlte Podium unterstrich den Showcharakter, aber Monique war dennoch tief berührt. Vier Männer drehten sich mit geschlossenen Augen und wehenden Gewändern endlos um ihre Achse, schlangen die Arme um ihren Körper, um sie danach in die Luft zu strecken. Sie besaßen die Art von verklärter Abwesenheit, nach der sich Monique Champagne sehnte.

Oskar musste ihre feuchten Augen bemerkt haben.

»Heute Abend feiern wir ein Fest. Dann kannst du mich schlagen«, flüsterte er ihr tröstend ins Ohr.

In der Bar des Hilton besprachen sie, wo sie hingehen wollten, doch weil sie unterdessen in hohem Tempo Cocktails tranken, die Oskar bezahlte, blieben sie am Ende sitzen. Dann und wann verpasste Monique Oskar einen Schlag, was der Stimmung zwischen beiden sichtlich guttat. Michaelas Miene dagegen spiegelte zuerst Verständnislosigkeit und wechselte dann zu Betretenheit. Deshalb holte Monique Oskars Manuskript aus ihrem Rucksack hervor. Sie reichte es Michaela.

»Zur Erklärung«, sagte sie.

»Oh«, protestierte Oskar, »das ist nicht für jeden bestimmt.«

»Ihr seid meine Jünger. Wir dürfen keine Geheimnisse voreinander haben. Niemand darf von etwas ausgeschlossen werden«, lallte Monique.

»Wir sind nicht deine Jünger, Stefanie«, sagte Michaela ernst.

Weil Oskar ihr nicht beipflichtete und Stefanie sie ignorierte, begann Michaela still zu lesen. Die anderen beiden führten immer stärker umnebelte Diskussionen über Fakt und Fiktion, Jesus und Fische. Oskar wiederholte einige

Male, dass sein Roman nicht als Autobiografie gelesen werden dürfe. Weil Monique selbst immer mehr Mühe hatte, das Wort »semiautobiografisch« auszusprechen, konzentrierte sie sich auf ihre geballte Faust, die ab und zu, weder hart noch sanft, Oskars Schulter traf.

Als die Bar schloss, wurden sie freundlich vertrieben. Oskar kämmte seine Haare wieder über den Kopf und schlug den Frauen vor, ihm zu seiner Minibar zu folgen.

»Stefanie, du wirst doch erwartet«, versuchte Michaela noch einzuwenden. Weil wieder niemand reagierte, folgte sie den beiden lesend. In Oskars Zimmer setzte sie sich auf eine Ecke des Bettes. Dann und wann hob sie den Blick von den Blättern, um zuzuschauen, wie Oskar und Stefanie, begleitet von türkischem MTV, unkontrollierte Tänze aufführten. Als Stefanie sie beim Drehen um die eigene Achse aus Versehen anstieß, äußerte sie ärgerlich, was sie betreffe, so wünsche sie nicht, geschlagen zu werden.

»Es war keine Absicht«, beschwichtigte Monique. Mit einem wackeligen Finger deutete sie auf das Manuskript in Michaelas Schoß. »Du musst mal das Kapitel über den inneren Schneemann lesen.«

Oskar strahlte. Monique hatte ihren Spaß. Sie integrierte einen Purzelbaum in ihre Choreografie und befahl Oskar, es ihr nachzumachen. Er tat, was sie verlangte, und schien es sehr zu genießen. Beim Schlagen empfand Monique eine Form von Bosheit, die so angenehm war, dass ihr angst und bange wurde. Vergeblich versuchte sie, den Alkoholrausch abzuschütteln. Sie weigerte sich, Oskar erneut anzugreifen. Sein Betteln erfüllte sie nach einiger Zeit mit solchem Ekel, dass sie ihre Faust ballte und ihm damit ins Gesicht schlug. Er beugte sich vornüber und fing das Blut, das ihm aus der Nase strömte, so gut es ging in seiner Hand auf.

»Stefanie!«, rief Michaela.

»Entschuldigung«, sagte Monique einigermaßen ernüchtert.

Aus den blauen Augen, mit denen Oskar ihren Blick auffing, verschwand das Funkeln.

»Sag das nicht«, befahl er kühl. »Komm, wir wollen mich ertränken.«

Während das Wasser in die Badewanne lief und Oskar sich seiner Kleider entledigte, setzte sich Monique mit den drei letzten Fläschchen aus der Minibar zu Michaela auf das Bett. Die schaute erst über den Rand des Manuskripts, als das dritte Fläschchen leer war.

»Ich bring dich jetzt zu deiner Familie.«

»Noch ein bisschen.«

»Ich mache mir Sorgen um dich.«

»Das brauchst du nicht.«

»Gut.« Michaela stand auf. »Ich habe auch überhaupt keine Lust, hierzubleiben.«

Sie lief mit dem Manuskript unter dem Arm zur Tür.

»Ermorde ihn nicht«, sagte sie mürrisch, ohne sich noch einmal umzudrehen.

»Nein, nein«, versprach Monique leise.

Danach ging sie ruhig ins Badezimmer, wo Oskar regungslos auf dem Bauch in der Wanne lag, mit dem Kopf unter Wasser. Monique wusste nicht, wie lange schon. Sie drehte den Hahn zu und zündete sich eine Zigarette an. Oskars dünne Haare bewegten sich unter Wasser fächelnd hin und her, der Rest des Badezimmers drehte sich schnell im Kreis. Noch drei Züge, dachte Monique. Sie blies den Rauch in die Höhe und legte ihre Zigarette auf den Rand des Waschbeckens. Danach zog sie ihre Schuhe aus, streifte ihre Hosenbeine hoch und stieg in die Wanne.

Sie packte Oskar bei der Schulter und drehte ihn mit viel Mühe um.

Ein kurzes Husten drang zwischen seinen blauen Lippen hervor.

»Noch nicht«, sagte er.

Auf die eine oder andere Weise war es im weiteren Verlauf dieser Nacht dazu gekommen, dass sie ihre Kleider ausgezogen und Oskars Platz in der Wanne eingenommen hatte. Als Michaela sie morgens wach rüttelte – die Tür war einen Spaltbreit offen geblieben –, saß Monique mit äußerst verschrumpelter Haut und dröhnendem Kopf im kalten Wasser.

»Stefanie?« Michaelas strafende Stimme klang furchtbar laut. »Musst du nicht allmählich zu deinem Baby?«

»Au«, sagte Monique. Es fühlte sich an, als sei der Raum hinter ihrer rechten Augenhöhle mit Stahlbeton ausgegossen.

Michaela entfaltete ein Handtuch und stampfte kurz mit dem Fuß auf die Bodenfliesen, als sie Stefanie befahl, aufzustehen. Sie warf das warme Tuch über ihre hängenden Schultern und verließ das Badezimmer.

»Wo ist Oskar?«, fragte Monique.

Es kam keine Antwort, doch sie entdeckte ihn nackt auf dem Teppich, als sie sich auf die Suche nach ihren Kleidern begab.

»Ist alles in Ordnung mit ihm?«

»Er atmet«, antwortete Michaela. Es war abzusehen, dass die Wut, die Stefanie in ihr geweckt hatte, sich nicht mehr lange bändigen lassen würde.

»Ich gehe jetzt zu Joep«, sagte Monique, die langsam, eine Hand gegen die Schläfe gedrückt, zur Tür wankte. Sie schlug nach den schwarzen Punkten in ihrem Gesichtsfeld, bevor sie den Türknopf drehte.

»Dann komme ich mit«, sagte Michaela.

»Das ist nicht nötig.«

»Es ist nicht als Angebot gemeint.«

Auf der Straße war Monique überzeugt, noch nie einen derart lärmenden Verkehr gehört und noch nie ein derart grelles Sonnenlicht gesehen zu haben. Ihre Kopfschmerzen und ihre Übelkeit machten sie zu schwach, um Michaela abzuschütteln. Es gelang ihr kaum, einen halbwegs geradlinigen, unauffälligen Gang beizubehalten. Schon wieder meinte sie, den Geruch von verdorbenem Fisch wahrzunehmen.

»Hast du Oskars Manuskript eigentlich gelesen?«, wollte Michaela wissen.

»Ja.«

»Hast du gelesen, dass Fischer diese Skilehrerin ermordet?«

»Ja.«

Keuchend bestieg Monique hinter ihr eine Straßenbahn. Sie wäre am liebsten gleich wieder ausgestiegen. Zu viele Menschen, zu wenig Luft. Neben Monique stand ein Mann, aus dessen Ohren sehr viele Haare wuchsen. Selbst ein abstoßender Anblick konnte glückliche Erinnerungen auslösen. Auf einer Reise mit Thomas stehen sie in einem klapprigen Bus, jeder auf einer Seite von eben so einem Mann. Sie blicken von seinem Ohrhaar über seinen Kopf hinweg einander in die Augen und dann zur Seite, um später darüber zu reden.

»Hallo–o!«, rief Michaela. Sie begann Monique entsetzlich auf die Nerven zu gehen. »Er lässt sich von einer Frau schlagen, die er hinterher ermordet. Macht dir das keine Angst?«

»Wegen des Symbols, meinst du?«, fragte Monique verwirrt.

»Es geht hier überhaupt nicht um Symbole!«, rief Michaela. »Merkst du denn nicht, wie er dich anschaut! Und du hast ihn die ganze Nacht physisch gequält, genau wie diese Franzi.« Die Lautstärke ihrer Stimme ließ Monique die Augen zusammenkneifen.

»Es ist Literatur«, sagte Monique, und sie wiederholte den Satz noch zwei Mal, weil Michaela sie nicht verstand.

»Findest du das denn normal?«, fragte Michaela herausfordernd. »Du bist hier im Urlaub mit deinem Mann und deinem Kind und verbringst die Nacht damit, sturzbesoffen auf einen gruseligen Verehrer einzuprügeln!«

Nahezu alle Fahrgäste in der Straßenbahn hatten sich nun missbilligend nach ihnen umgedreht. Monique fragte sich, ob sie den verdorbenen Fisch auch riechen konnten.

»Was ist schon normal?« Sie zuckte die Schultern bei dieser rhetorischen Frage. Michaelas ermüdender Moralismus war ihr durch erlittenes Leid eingegeben worden, damit hatte Monique nichts zu tun. Dass Oskar zu einer Bedrohung für ihr Leben werden könnte, weil Fischer Franzi ermordet hatte, erschien ihr als eher abwegige Annahme. Auch wenn sie zugeben musste, dass ihre Übelkeit zunahm, wenn ihr bestimmte Details des Tête-à-Tête der vergangenen Stunden wieder in den Sinn kamen. Wenn sie an die Gier dachte, mit der Oskar sich ihr seit Tallinn genähert hatte, fragte sie sich, warum sie es zugelassen hatte, dass sich dieser Mann so einfach in ihr Leben schlich. Vielleicht gab es Formen der Selbsterkenntnis, denen sie besser aus dem Weg gehen sollte.

»Willst du mir nicht antworten, Stefanie?«, fragte Michaela.

»Halt jetzt bitte mal die Klappe«, sagte Monique.

Schweigend setzten sie ihre Reise fort. Ab und an seufzte Michaela, um ihrer Enttäuschung Luft zu machen.

Erst als sie den Schlüssel in das Schloss ihres Einzelzimmers steckte, fiel Monique ein, dass sie Michaela den Zutritt verwehren musste, wenn sie Stefanies Familienglück bewahren wollte.

»Es ist besser, wenn ich jetzt mit meiner Familie allein bin«, sagte sie.

»Ich gehe mit«, sagte Michaela unsicher. »Ich erzähle ihm alles. Er muss das wissen.«

»Das geht dich nichts an.« Es erstaunte Monique, dass Michaela so weit gehen wollte. Ihre Sehnsucht nach einer Matratze war jedoch so stark, dass sie nicht die Kraft aufbrachte, die Türöffnung lange zu blockieren. Der Adrenalinstoß, der die bevorstehende Entdeckung ihrer Lüge eigentlich begleiten musste, blieb aus. Sie fühlte nur noch das Pochen und Glühen in ihrem Kopf, die Fieberschmerzen in ihren Fingern. Außerdem konnte sie die Predigten und Einmischungen von Michaela in diesem Augenblick so wenig ertragen, dass es ihr kaum noch etwas ausmachte, wenn die Frau demnächst aus ihrem Leben verschwinden würde. Ohne weiteren Protest stieß Monique die Tür auf. Sie setzte sich auf den Rand des Einzelbettes, um ihre Schuhe auszuziehen, und blickte nicht auf, um nicht mit ansehen zu müssen, wie Michaela sich allmählich die Tatsachen zusammenreimte.

»Wo sind sie?«

Monique schüttelte ein Bein aus ihrer Hose und versteckte es anschließend unter der Decke. Sie drehte ihr Gesicht zur Wand.

»Stefanie, wo sind Joep und Leon?«

»Er hat mich verlassen«, sagte Monique. Es überraschte sie, dass ihre Lungen gleich im Anschluss einen tiefen, dumpfen Schluchzer herauspressten, der eine Lawine von Tränen nach sich zog.

»Oh, das tut mir leid!«, rief Michaela, die sich sofort in einer tröstenden Haltung an ihre liegende Freundin schmiegte.

»Wann?«

»Vor Monaten«, schluchzte Monique.

»Und das Kind?«

»Das Kind ist gestorben.« Monique fand dies in gewisser Hinsicht nicht gelogen, doch als sie Michaela jetzt auch weinen hörte, wünschte sie, dass sie anstelle des imaginären Babys gestorben wäre.

»Es tut mir so leid. Ich hatte ja keine Ahnung«, sagte Michaela und danach: »Stefanie, Stefanie, Stefanie.« Sie wiederholte den Namen so oft, wie sie mit den Fingern durch Moniques Haare strich.

Natürlich wusste Monique, dass sie jetzt damit aufhören musste. Dass sie jetzt sagen konnte, wer sie war und wer sie nicht war. Doch sie hatte sich schon aufgerichtet und sich mit zuckenden Schultern in Michaelas Arme geworfen. Der Trost ist echt, dachte sie, der Trost ist echt.

Barentssee

Michaela ging lediglich noch ein Mal ins Hilton, um ihr Zimmer zu räumen. Auf dem Kongress der CIESM ließ sie sich nicht mehr blicken. Auf Stefanie aufzupassen war das Einzige, was sie noch zu interessieren schien.

Erst als Michaela ihr auftrug, das Bett zu verlassen und ihren Koffer zu packen, begriff Monique, dass sie in ein Zweibettzimmer in einem anderen Teil der Jugendherberge umziehen sollte. Die resolute Herangehensweise nötigte sie, zu gehorchen.

»Streich Oskar aus deinem Leben«, fasste Michaela streng zusammen. »Der tut dir nicht gut.«

»Ich fand sein Buch eigentlich ziemlich gut«, sagte Monique. Der Stil hatte ihr gefallen, und sie hatte die Besessenheit wiedererkannt, mit der seine Hauptfigur liebte. Das Lob jedoch, nach dem Oskar so gelechzt hatte, hatte sie nie ausgesprochen.

»Ich habe mich mit ihm abgegeben, weil du ihn nett zu finden schienst«, fuhr Michaela fort. »Wenn du nicht dabei warst, haben wir kaum miteinander gesprochen. Und wenn wir es doch taten, hat er nur über dich geredet.«

Monique meinte, einen Hauch von Eifersucht aus Michaelas Stimme herauszuhören, und fing deshalb an, der Situation zu misstrauen. Sie sah Oskars Haar vor sich. Wie es sich, gleich jungen Würmern an einem Pödder, im Badewasser auffächerte. Von diesem Bild ging so viel Hilflosigkeit aus, dass sie keinerlei Gefahr in dem Mann sehen konnte. Fischer durfte nicht mit Wanker verwechselt werden, auch wenn Oskar sich gerne schlagen ließ. Monique beschlich der Verdacht, dass Michaela das Risiko, dem Stefanie in Oskars Nähe ausgesetzt sein sollte, bewusst übertrieb, weil sie endlich mit ihrer alten Freundin allein sein wollte. Vielleicht brauchte sie jemanden, um den sie sich kümmern konnte.

»Wir wollen doch nicht wieder solche Situationen erleben wie mit diesem Rodrigo, nicht wahr?«, sagte Michaela.

Rodrigo, das musste wohl einer von Stefanies größten Reinfällen gewesen sein.

»Damals war ich viel jünger«, murmelte Monique.

»Ja, eben.«

Wie lange noch würde Michaela versuchen, ihren guten Einfluss auszuüben? Monique hatte Stefanies Leben allen Glückes entledigt und es durch die jüngste Wendung näher an ihr eigenes gebracht. Sie fühlte sich jetzt weniger geschützt. Der Kater, den sie von dem Bacchanal mit Oskar zurückbehalten hatte, verstärkte diese Schwäche. Sie erinnerte sich mit Widerwillen an das tote Kind, das sie erfunden hatte, und hoffte, Michaela werde nicht mehr darauf zurückkommen. Die Anwesenheit dieser Frau machte sie nervös. Andererseits hatte ihre Zuwendung Monique nicht unberührt gelassen. Es war lange her, dass sie so liebevoll von jemandem umsorgt worden war.

»Bist du einverstanden, wenn ich eine Zeit lang bei dir bleibe?«, fragte Michaela, nachdem sie sich in dem Zweibettzimmer häuslich eingerichtet hatten.

»Ja. Genau wie früher«, antwortete Monique.

Michaela führte sie in ein teures Restaurant aus und bestand darauf, die Rechnung zu übernehmen. Es machte ihr Freude, dass Monique so einen guten Appetit hatte, und Monique bedankte sich zum wiederholten Mal für alles. Weil sie befürchtete, dass Stefanies persönliche Dramen wieder zur Sprache gebracht werden könnten, begann sie über Fische zu reden, über ihre Mission, die sie nicht aus den Augen verlieren durfte. In Wladiwostok würde sie noch ein letztes Mal die Gelegenheit erhalten, Menschen davon zu überzeugen, dass das Ruder herumgerissen werden musste.

»Du hast gestern gesagt, dass es Zeit wird für echte Aktionen«, sagte Michaela. »Bist du denn daran interessiert, aktiv zu werden?«

Monique nickte. Es kränkte sie, dass Michaela die Lesung in Wladiwostok nicht als eine Form von Aktivismus ansah.

»Taten, meine ich. Statt Worte.«

»Ja, natürlich.«

»Hast du denn schon irgendetwas im Kopf?«

»Ich muss noch darüber nachdenken, wie ich das Ganze angehen soll, aber Taten sind letztlich das, was mir vorschwebt«, sagte Monique.

»Warum hast du dich nie einer Umweltorganisation angeschlossen?«

»Ich habe immer gedacht, dass ich meinen Kampf allein führen muss. Vielleicht war das nicht realistisch.«

»Du weißt doch noch, dass ich mich an Aktionen von Greenpeace beteiligt habe?«, fragte Michaela.

Monique legte still ihre Gabel ab.

»Auch in Spanien. In Cádiz.«

Verdattert schüttelte Monique den Kopf.

»Damals war dir die Umwelt nicht so wichtig wie heute, aber trotzdem, dass du das nicht mehr weißt! Mit dem Apfelsaft, damals?«

»Tut mir leid.« Unter dem Tisch bohrte Monique ihre Nägel in ihre Knie. Die Wahrheit lag unablässig auf der Lauer.

»Du hast mir Apfelsaft zu trinken gegeben, als ich mich

an die Reling eines Schiffes gekettet hatte. Ich saß dort schon seit Stunden in der Sonne, als du mit einer Flasche über eine Strickleiter am Rumpf zu mir raufgeklettert bist. Das hat mir damals viel bedeutet. Und du hast das einfach vergessen?«

Michaela brachte ihre Beschuldigungen lachend hervor, weshalb Monique einen Augenblick im Zweifel war, ob sie sich das nicht ausgedacht hatte. Musste Stefanie wissen, dass es für Michaela nicht viel bedeutete, sich an ein Schiff zu ketten? Sollte sie mitlachen?

»Wirklich, ich ... Entschuldige bitte.«

»Ich fand es schon so komisch, dass du nie danach gefragt hast.«

»Machst du das noch immer?«

»Das letzte Mal habe ich vor drei Jahren an einer Aktion teilgenommen. In Holland. Damals sind wir an Bord der *Mumrinskiy* gegangen, ein russisches Transportschiff, das in Eemshaven lag. Es war voll beladen mit illegalem Kabeljau aus der Barentssee.«

Während sie sprach, wurde die Frau mit den kurzen Haaren in Moniques Augen immer schöner. Die Reinheit und die Heldenhaftigkeit, die ihre Gesprächspartnerin jetzt umgaben, erfüllten Monique mit Bewunderung und Scham. Dass sie bislang in Michaela die Fischretterin nicht erkannt hatte, empfand sie als Hochmut ihrerseits. Diese Frau hatte so viel mehr Erfahrung.

»Nächste Woche breche ich zu einer neuen Mission auf«, fuhr Michaela fort.

Monique unterdrückte sowohl das Gefühl von Eifersucht als auch den sehnlichen Wunsch, mitkommen zu dürfen.

»Wir fahren mit der *Esperanza* in die Barentssee, um Öltanker zu anderen Routen zu nötigen und um die Überfischung zur Sprache zu bringen, natürlich.«

Sprachlos starrte Monique sie an. Statt aus Michaela einen Jünger machen zu wollen, hätte sie selbst zu ihrem Apostel werden müssen. Hoffentlich war das noch möglich. Monique richtete ihren Blick auf ein Stück Tomatenschale, das an ihrem Tellerrand klebte. Frag es, dachte sie, frag es.

»Willst du mitkommen?«, fragte Michaela.

In verschiedenen Telefongesprächen versuchte Michaela, die Verantwortlichen von Greenpeace davon zu überzeugen, Stefanie an Bord der *Esperanza* mitzunehmen. Sie reichte den Hörer ein paarmal an Monique weiter, die mit einer ruhigen Radiostimme die Begründung wiederholte, die sie bereits in E-Mails an die Umweltorganisation formuliert hatte. Sie wolle eine Dienerin des Meeres sein und sehe ein, dass sie Greenpeace dafür brauche.

Michaela bremste sie gerade noch rechtzeitig, als sie sagen wollte, dass sie keine Schriftstellerin mehr sei. Ihre flotte Feder gab schließlich den Ausschlag, dass sie noch zum Team dazustoßen durfte. Während der gesamten Aktion in der Barentssee sollte Stefanie unter ihrem Künstlernamen Monique Champagne einen Blog auf der Webseite von Greenpeace International unterhalten. Darin sollte sie den aktuellen Ereignissen auf den Fersen bleiben. Eine Bedingung war, dass sie unbesoldet arbeiten würde, doch dem stand ein Monat freie Kost und Logis gegenüber. Obwohl ihre Rolle weniger heroisch war, als Monique sich erhofft hatte, erfüllte sie die Zusage mit Freude. Nachdem man sie auf zwei maritimen Kongressen von der Sprecherliste gestrichen hatte, war dies genau das, was sie brauchte: ein Lebenswandel, der vollständig den Fischen und dem Meer geweiht war.

Monique Champagne sah sich schon STOP PIRATE FISHING auf den Rumpf eines fischfeindlichen Schiffes

pinseln. Oder an Bord eines kleinen Schlauchbootes einem
Öltanker den Weg abschneiden, um ihn zu einem anderen
Kurs zu zwingen, wieder und wieder vorbeifahren, ein langes
V von Schaum und Wellen hinter sich herziehend, das V von
Veränderung, Victory, Verschmutzer, Verschwinde. Mitten
auf dem Meer würde sie das Umladen von illegalem Kabel-
jau auf Transportschiffe verhindern, indem sie sich an eine
Ladeklappe kettete.

Und dazwischen noch bloggen.

Und vielleicht erschiene dann irgendwo ein Foto, auf das
Thomas starren würde, bis seine Augen feucht würden. Er
würde die lachende Heldin bewundern und nie mehr behaupten, dass Bewunderung nicht ausreicht.

In einer Woche sollten sie nach Oslo fliegen, von wo sie den
Zug nach Vadsø nehmen würden, um dort an Bord des grünen Schiffes zu gehen. Monique buchte ihr Flugticket, als
Michaela gerade unter der Dusche stand, um sicher zu sein,
dass diese keinen Blick auf den Bildschirm werfen und sehen
würde, welchen Namen sie verwendete. Dass sie ihr Pseudo-
nym eintippte, wäre nicht zu erklären gewesen.

»Hat geklappt«, sagte sie froh, als Michaela mit einem
Handtuch um ihren Kopf aus dem Bad kam.

Michaela, deren Reise in die Barentssee schon viel länger
feststand, hatte die Absicht gehabt, von Istanbul zunächst
noch nach Bratislava zurückzukehren. Obwohl Monique
schon länger von der Nationalität ihrer Freundin wusste,
machte sie sich zum ersten Mal Gedanken darüber. Sie wusste
wenig über die Slowakei, hatte das Land höchstens einmal
mit dem Reisebus durchquert, und das war schon länger her.
Sie stellte sich die kleine Michaela vor, inmitten eines ost-
europäischen Straßenbildes. So ging es ihr immer, wenn sie

anfing, Menschen zu mögen: Sie sah sie als Kind. Auch Thomas tauchte noch oft in ihren Gedanken auf, so wie er sich selbst in Erinnerung hatte: ein kleiner Junge, der bis Mitternacht neben einer Schulpforte wartet. Wenn diese Erinnerung sie überfiel, musste sie gegen den Impuls ankämpfen, ihn anzurufen, um ihm zu sagen, dass er jederzeit zu ihr zurückkehren könne.

»Ich habe überhaupt keine Lust, in meine Wohnung zurückzukommen«, maulte Michaela. »Es ist da so leer.«

»Aber du hast die Tickets schon.«

»Wenn ich sie umtausche, können wir zusammen noch eine Woche in Istanbul umherstreifen.«

Es war Monique unangenehm, dass Michaela so erhebliche Unkosten in Kauf nehmen wollte, um bei ihr zu bleiben.

»Lass mich die Differenz bezahlen«, sagte sie. Angesichts der Tatsache, dass sie das Geld dafür gar nicht besaß, war sie erleichtert, als Michaela ihr Angebot ausschlug.

»Ich bin dir genauso dankbar, Stefanie«, betonte Michaela. »Wirst du es auch nicht bereuen, dass du nicht nach Wladiwostok fliegst?«

»Ach, dies ist so viel besser als ein Kongress«, entgegnete Monique.

Sie hatte sich nicht getraut, Nootjes davon in Kenntnis zu setzen, dass sie nicht in Wladiwostok auftreten würde. Wahrscheinlich würde ihre Abwesenheit niemandem auffallen. Nachdem Moniques Auftritt auf einem maritimen Kongress zwei Mal als überflüssig eingestuft worden war, hatte sie ihrer Meinung nach das Recht, einfach nicht aufzutauchen.

Tag für Tag schlenderten die beiden Freundinnen durch die türkische Metropole. Auf der Suche nach glänzenden Mosaiken verschlug es sie in die westlichen Bezirke, die arm anmuteten und wo die Frauen lediglich ihre argwöhnischen Augen nicht bedeckten. Monique und Michaela passten nicht hierher. Während Gebete und Kebabgeruch sich über alle Stadtviertel ausbreiteten, waren ihre Köpfe voll von brausendem Wind und weißem Himmel.

In der Istiklal Caddesi, der reichsten Einkaufsstraße Istanbuls, bekam man alles, nur nicht die warmen Pullover und gefütterten Stiefel, die sie hatten kaufen wollen. Ihre Gedanken kamen nicht von der bevorstehenden Reise los.

Kaum streifte es ihr Bewusstsein, dass sie über das Wasser von Europa nach Asien liefen. Wie ein verstummtes Erschießungskommando wartete eine lange Reihe von Sportanglern geduldig auf den Tod des nächsten Steinbutts oder der nächsten Sardine. Nach einem Blick auf die erstickende Ansammlung in den Eimern beschleunigten Monique und Michaela ihre Schritte.

»In der Barentssee werden jährlich hunderttausend Tonnen illegaler Kabeljau gefangen«, sagte Monique, die einen Porträtmaler freundlich abwehrte. Sie wollte Michaela zeigen, dass sie Bescheid wusste.

Michaela erläuterte, dass Mitte der Achtzigerjahre in der Barentssee zu viel auf Lodde gefischt worden war, wodurch der Kabeljau mangels anderer Nahrung anfing, seine eigenen Jungen aufzufressen. Eine drastische Senkung der Quote sorgte dafür, dass es sieben Jahre später wieder genug Kabeljau gab, der dann in der Folge wieder überfischt wurde, oft illegal.

Dass etwas, was sich am Anfang so gut angelassen hatte, so falsch laufen konnte. Monique hatte keine Lust, Übereinstimmungen zwischen der Fischereipolitik in der Barentssee und ihrer zerbrochenen Beziehung zu entdecken. Sie ballte ihre gesamte Abwehr in dem einzigen Wort »Russen!«.

»Genau«, sagte Michaela. »Und weil die Russen es tun, fangen die Norweger auch an, die Regeln zu umschiffen.«

»Schrecklich.«

Monique bekam gar nicht mit, wie ein Kind vom behaarten Arm seines Großvaters aus Steinchen in den Bosporus warf und wie die Umstehenden strahlten, wenn eines davon in den Streifen sonnenübergossenen Meerwassers plumpste.

Der warme Abend vor ihrer Abreise senkte sich langsam über die Stadt. Selbst die Schiffe im Eminönü-Hafen schienen gemächlicher anzulegen. Monique und Michaela jedoch liefen voller Energie Slalom zwischen Einwohnern und Touristen, die sich träge aneinander vorbeischoben. Auf einer Bank ruhten sie sich aus, um gemeinsam in einer *International Herald Tribune* über aufgebrachte französische Fischer zu lesen, welche die Häfen von Calais, Dunkerque und Boulogne-sur-Mer blockierten. Sie forderten höhere Fangquoten, mehr tote Fische.

»Dass Belgier und Holländer auch noch in französischen Gewässern fischen, ist in ihren Augen natürlich nicht fair«, sagte Michaela.

»Das ist ein Krieg, Michaela«, sagte Monique. »Und sie kämpfen auf der anderen Seite.«

Michaela nickte behutsam, als sie sah, dass Stefanie es nicht im Mindesten ironisch gemeint hatte.

Die orientalischen Ablenkungen, von denen die beiden Frauen umgeben waren, entfalteten erst ihre Wirkung, als sie auf dem Weg zu ihrem Schlafplatz an einer Diskothek vorbeikamen. Weil fortwährend Menschen hineindrängten, strömte beinahe ununterbrochen Musik nach draußen. Monique ergriff Michaelas Hand und zog sie durch einen engen Gang von Rücken, Bäuchen und Ellbogen hinter sich her.

»Nein, Stefanie!«, protestierte Michaela zuerst noch, doch Monique tat, als könne sie ihren Einwand, dass sie morgen früh aufstehen müssten, wegen der lauten Musik nicht hören. Eine Nummer, die sie nicht kannte, schlug sie in ihren Bann. Nichts konnte sie so trösten wie das Tanzen. Mit Thomas hatte sie sich ihm immer wild hingegeben, sie wurden dann zu Rugbyspielern, zu ausgelassenen Hunden. Ihre Füße berührten den Boden nicht mehr, wenn er sie im Kreis herumdrehte. Der größte Fehler, den sie begangen hatte, war, Nein zu sagen, als er in ihrem neuen Haus zum ersten Mal mit ihr tanzen wollte. Warum hatte sie sich geweigert? »Nein, ich bin zu müde«, fünf Wörter, die sie sich nicht verzeihen konnte, die sie immer wieder hervorholte und in Gedanken auslöschte. Nein, nichts konnte sie so trösten wie das Tanzen, auch jetzt, auf eine Musik, die sie nicht kannte, in einer Stadt, in der sie nicht wohnte, wo sommerlicher Schweiß an Leibern hinunterrann und Menschen einander mit ihren Wimpern leckten. Zu ihrer Freude sah sie, dass Michaelas Bedenken sich auflösten und dass ihr kleiner Körper, von der Musik vollkommen erfüllt, sich zierlich entlud.

Morgen würden sie sich gemeinsam in ein Abenteuer stürzen, helfen, Meere zu füllen, damit das Leben weitergehen konnte. Doch in diesem Augenblick wurden sie durch eine hauchzarte Melodie verbunden, die anschwoll und von Trommelrhythmen eingeholt wurde. Sie tanzten mit Männern, die sie tauschten, wendeten sich dann wieder einander zu. Sie lachten, aus vollem Halse, die Köpfe in den Nacken geworfen, ohne je zum Stillstand zu kommen.

»Ich mag dich«, wollte Monique Michaela ins Ohr schreien, doch sie erkannte rechtzeitig, wie überflüssig dieses Bekenntnis wäre. Dies war Freundschaft. Das merkwürdige Wort hatte sie immer an Reliefpostkarten in Pastelltönen denken lassen.

An zwei runde, wohlbemützte Männer mit Schnurrbärten, die sich über einen grün gestrichenen Gartenzaun hinweg die Hand reichen. Das Wort schien zu einer Zeit zu gehören, die längst vergangen oder nie da gewesen war, doch Monique wusste, was es bedeutete. Die Freundschaft zwischen ihr und Thomas hatte noch bis kurz vor seinem Weggehen angedauert, eine Freundschaft, die in geteiltem Lachen durchschimmerte, welches jede Form von Verschleiß und Fäulnis übertönte, und die von der Überreiztheit ihrer körperlichen Begierde ausgespart blieb. Auch jetzt kannte sie kein anderes Wort für das, was sie empfand, als sie Michaelas sinnliches Armeschwenken in einen roboterhaften Tanz übergehen sah. Ein zertrümmertes Herz und eine grüne Mission verbanden sie mit dieser Frau, und nun auch das Vergnügen. Monique hatte sie in der vergangenen Woche über die Maßen lieb gewonnen, sodass es schien, als kenne sie sie genauso gut wie die echte Stefanie.

Besser.

Michaela hakte sich bei ihr unter, als sie dampfend durch die laue Nacht zur Jugendherberge zurückgingen. Sie schwankten hin und her, fielen dann in einen wilden Galopp, sangen, so hoch sie konnten. Lebenserfahrung und Angst ließen sie vorübergehend in Ruhe, gemeinsam deuteten sie auf den Himmel: »Vollmond!«

Ihre Zeit auf der Erde folgte also doch einer logischen Erzählstruktur, dachte Monique Champagne ebenso erleichtert wie aufgeregt. Ein morgendliches Istanbul zog am Taxifenster vorbei. Sie begriff jetzt, dass Thomas sie nicht umsonst verlassen hatte. Seine definitiv letzten Schritte in Richtung Haustür waren nicht zufällig mit einem Dokumentarfilm über die Überfischung zusammengefallen, den Moniques geschärfte

Sinne damals in sich aufsaugten. Es war nicht bloß eine Marotte, dass sie seitdem nur noch über Fische schreiben konnte, und nicht ohne Grund hatte man sie gebeten, diese Eindrücke einem europäischen Publikum vorzutragen. Es hatte nichts mit Zufall zu tun, dass sie Michaela auf diese Weise über den Weg gelaufen war und einen neuen Namen erhalten hatte. Dass ihre Teilnahme an einzelnen Kongressen in der Folge nicht länger erwünscht war, mochte anfänglich zwar schmerzhaft gewesen sein, doch jetzt stellte sich diese Ablehnung als eine der schicksalhaften Wendungen heraus, die sie hierhergeführt hatten. Hierher, in dieses Taxi, neben ihre inspirierende Freundin Michaela. Mit zunehmender Klarheit erkannte sie, dass Menschen wie sie einen logischen Schritt in der Evolution verkörperten: eine auserkorene Gruppe von Menschen, deren innere Verdrahtung ihnen die Fähigkeit verlieh, die Vorzeichen des Untergangs zu erkennen. Sie widmeten ihr Leben der Abwendung des Endes, dem Fortbestand des Planeten. Der Verlust und die Irrungen hatten sie nur deshalb getroffen, weil sie nicht früher begriffen hatte, dass sie zu dieser besonderen Sorte gehörte. Weil sie nicht sofort erkannt hatte, dass die Geschichte der Welt zu Menschen wie ihr geführt hatte. Die Mittel lagen jetzt in greifbarer Nähe. Sie hatte die Verantwortung auf sich genommen, der Auftrag war klar. Was für eine Erleichterung, dass sie im Namen eines höheren Ziels in der Liebe gescheitert war, was für ein herrliches Gefühl, endlich zu wissen, warum sie auf der Welt war.

»Worüber lächelst du?«, fragte Michaela.

»Über mich selbst. Ich glaube, es ist gut, dass es mich gibt.«

Michaela sagte so herzlich: »Absolut«, dass Monique gerührt war.

Es schien, als überschwemmten sie den Atatürk International Airport geradezu mit der Stimmung von Hoffnung,

Kampfbereitschaft und Eintracht, die sie in sich trugen. Zu dieser frühen Stunde war nicht viel los, doch jeder, dem sie begegneten, blickte freundlich zu ihnen auf. Bei jedem Flughafengeschäft, an dem sie vorbeikamen, wurden die Rollläden hochgezogen. Sie kauften das erste Eis des Tages. Michaela drückte es gegen Stefanies Nase, als sie daran leckte. Eine kindliche Fröhlichkeit flackerte auf, und obwohl Monique sich darüber wunderte, dass sie anfingen, sich wie Verliebte zu betragen, fand sie es nicht schlimm.

»Schau mal!«, rief Michaela. »Oskar!«

Erschrocken blickte Monique in die Richtung, in die ihre Freundin zeigte. Ein großer Karton fuhr auf einem Elektrowägelchen an ihnen vorbei. Darin könnte Oskar tatsächlich stecken, um ihr aufzulauern, wie der kleine Fischer Franzi aufgelauert hatte. Es gab etwas in dem Bild des vorüberfahrenden Kartons, in der Vorstellung des darin verborgenen Mannes, das die Harmonie zerstörte, das ihr Angst einflößte. Sie kannte dieses Gefühl, bei dem die Sinnesorgane schon zu wissen scheinen, dass etwas Wichtiges verloren gehen wird, doch das Gehirn sich mangels Beweisen noch weigert, ihnen Glauben zu schenken.

Michaela merkte nicht, dass die anderen Reisenden ihnen nicht mehr zulachten und dass Stefanie mit jedem Schritt mühsamer atmete. Sie plapperte einfach weiter, über Leute, die sie bei Greenpeace kenne, und über eine Sorte von Anorak, die sie noch zollfrei versuchen wollte zu kaufen, denn das Klima in der Barentssee sei zwar nicht gar so kalt, wie Stefanie es sich vielleicht vorstelle, aber doch ein bisschen anders als das in Istanbul.

Und dann erklang die kleine Melodie von Michaelas Handy. Sie hielt es an ihr Ohr.

»Ahoj«, sagte sie.

Slowakisch, und passend für jemanden, der eine Zeit lang auf einem Schiff leben würde. Monique presste die Zähne aufeinander.

»Das kann nicht sein«, sagte Michaela auf Englisch. Es war, als zöge jemand mit scharfen Fingernägeln an der Innenseite ihres Gesichts, als sie Monique ansah. Sämtliche Sehnen, Muskeln und Nerven unter der Haut wurden angespannt, bis sie zu beben begannen. Wie ein Hund, kurz bevor er zubeißt, dachte Monique, die den Blick erwiderte und deren Lächeln zu einer Grimasse erstarrte. Sie wusste, wer anrief.

»Das kann nicht sein«, wiederholte Michaela. Sie entfernte sich ein Stück von Monique, um das Gespräch auf und ab gehend fortzuführen.

Aus einiger Entfernung betrachtete Monique die kleine Frau, die Rückseite ihres runden Kopfes. Das kurze Haar war dick und glänzend, die Art von Haar, die Monique gerne besäße.

Michaela hatte das Handy vom Ohr genommen, ihre Arme hingen jetzt schlaff an ihrem Körper herunter. Dreh dich um, dachte Monique, selbst zu keiner Bewegung fähig.

Lange blieben die Frauen so stehen, vielleicht zehn Meter voneinander entfernt, wie regungslose Figuren auf dem Spielbrett einer beendeten Partie. Zwischen Moniques Bauch und Michaelas Rücken hasteten immer wieder internationale Flugreisende zu ihren Maschinen.

Michaela sah Monique nicht an, als sie sich in ihre Richtung in Bewegung setzte. Sie hielt sich eine Hand an die Stirn, den Ellbogen seltsam angewinkelt, und sie blickte auf ihre Füße, als müsse sie sich stark auf ihre schnellen Schritte konzentrieren.

»Weißt du, wer mich angerufen hat?«, fragte sie mit einer fremden, hohen Stimme.

»Ja«, sagte Monique.

Michaela lachte, wie jemand lacht, der etwas nicht witzig findet.

»Wer bist du?«, fragte Michaela.

»Es ist nicht wichtig«, antwortete Monique Champagne. Ich möchte dir doch nur gerade in die Augen sehen, dachte sie. Verstehst du denn nicht, dass der Rest nicht zählt?

Michaelas Blick blitzte unter den gesenkten Brauen kurz über Moniques Gesicht. Er blieb an ihren Ohren hängen.

»Stefanie hat sehr kleine Ohren. Ich dachte, ich hätte das falsch in Erinnerung gehabt. Ich hab oft deine Ohren angeschaut. Sie sind riesig.« Ihre Stimme klang immer noch zu hoch, und beim Sprechen zitterten ihre Lippen in alle Richtungen, als würde sie synchronisiert.

»Lass mich mit dir mitgehen«, flüsterte Monique. »Nimm mich bitte mit.«

Michaela warf ihren Rucksack, der auf einem Gepäckwagen an Moniques Handgepäck gelehnt hatte, über die Schulter und ging davon.

Monique holte sie ein und lief rückwärts vor ihren Füßen her.

»Es ist nicht wichtig«, wiederholte sie. »Ich möchte bei dir bleiben.«

»Ich nicht bei dir«, sagte Michaela, als sie Monique Champagne aus dem Weg schubste.

Kurz bevor er sie verließ, hatte Thomas gesagt, dass sie eine Fremde für ihn geblieben sei. Monique wollte höchstens glauben, dass sie eine Fremde geworden war, weil er, nachdem er sie verändert hatte, aus ihr entwichen war. Nachdem nun auch Michaela sie verlassen hatte, erinnerte sie sich an das Gefühl, nicht so sehr traurig, nicht so sehr einsam zu sein, sondern nur noch ein leerer Sack Haut. Ruhig betrachtete sie das Bett in diesem neuen Hotelzimmer, den mit braunen Blumen gemusterten Überwurf, die Aquarelle an der Wand, den Einbauschrank, den fleckenlosen Teppichboden, das sorgsam angeordnete Teeservice auf dem Schreibtisch. Es war hier zu teuer, das wusste sie, doch sie würde schon für sich sorgen. Ruhig besah sie sich im Internet ihren letzten Kontoauszug. Er zeigte eine rote Ziffer. Dagegen konnte man etwas tun, das war ein Problem, das nicht schwer zu lösen war. Sie rief ihren Verlag an und erzählte, dass sie intensiv an etwas Neuem gearbeitet habe, etwas über das bizarre Verhältnis zwischen einem österreichischen Jungen und seiner Skilehrerin. Sie würden bald mehr davon erfahren, in ein paar Wochen werde sie vorbeikommen. Zuerst müsse sie noch etwas in Wladiwostok erledigen.

Der vereinbarte Vorschuss sollte sofort überwiesen werden.

Japanisches Meer

War es Zufall, dass in diesem großen, voll besetzten Flugzeug nach Wladiwostok nur die beiden Sitzplätze neben Monique Champagne frei geblieben waren? Oder war es ein Zeichen, das von einem guten Ende kündete und ihr den richtigen Weg wies? Ein Ziel vorgab. Eine Richtung wenigstens.

Nicht umsonst steckte in dem an der Rückenlehne vor ihr angebrachten Netz ein aufgerolltes Exemplar von *Nature Neuroscience*. Hastig blätterte sie durch die wissenschaftliche Zeitschrift, in der Hoffnung auf weitere Hinweise. Sie hielt inne, als ein Foto von einem Lachs auftauchte. Die Forschungen, über die sie las, knüpften an das an, was sie bereits wusste. In der wissenschaftlichen Welt herrschte schon seit einiger Zeit Uneinigkeit über die Frage, ob Fische fähig seien, Schmerz zu empfinden. Seitdem der amerikanische Neurobiologe James Rose herausgefunden hatte, dass Fische nicht über einen Neocortex verfügten, wurde allgemein angenommen, dass sie kein Schmerzempfinden besäßen. Ungeachtet dessen beschäftigte sich eine größere Gruppe von Wissenschaftlern mit der Frage, wie Fische auf Schmerzreize reagierten. Mit wachsendem Widerwillen las Monique, dass mit Bienengift behandelte Regenbogenforellen ihre geschädigten Mäuler heftig am Boden und an den Wänden ihres Aquariums rieben. Auch in anderen Experimenten wiesen Zappeln und Fluchtverhalten der Fische darauf hin, dass sie Schmerzen durchaus zu entgehen suchten. Dies hing jedoch nach Meinung der Gruppe, die nicht an Fischschmerz glaubte, mit

Instinkt zusammen, nicht mit Bewusstsein. Dass sich James Rose dennoch für humane Fangmethoden einsetzte, ließ Monique vermuten, dass er an seinen Ergebnissen zweifelte.

Sie versuchte sich vorzustellen, dass es einen Unterschied geben könnte zwischen Schmerz und Schmerzempfinden. Wie sich Schmerz anfühlt, den man nicht erfährt und der deshalb keiner ist. Nerven, die »Aua« an den Neocortex weiterleiten, das konnte sie noch begreifen, doch ziemlich bald begann sie »Bewusstsein« mit »Erinnerung« und »Denken« durcheinanderzubringen. Der Schmerz ohne Neocortex musste ihr zufolge die direkteste Form von Schmerz sein. Sie stellte sich ihren eigenen Schmerz vor, der damals ihren Gedanken vorausgegangen war; die brüchige Schwere ihrer Gliedmaßen, als er wegging, die scharfe Spitze in ihrem Brustkorb bei jedem Erwachen, das mühsame Atmen, wenn er unerwartet vor ihr stand. Hatte das wahre Schmerzempfinden nicht nur mit Nerven, sondern auch mit Wissen zu tun? Mit Vergleichen: den Schmerz erkennen, weil man weiß, was ihn verursacht und was ihn aufheben kann? Die wissenschaftliche Art zu denken, mit der sich Monique so gerne trösten wollte, geriet in heillose Verstrickung mit ihrer eigenen Psychosomatik.

Monique Champagne, die sich vollkommen der Tatsache bewusst war, dass sie in evolutionärer Hinsicht einen Fisch in sich trug, begriff sehr wohl, dass ihr Liebesschmerz weit von diesem Tier entfernt war. Sie hatte Darwin gelesen und eingesehen, dass man Evolution nicht als etwas Zielgerichtetes ansehen durfte, den Menschen nicht als einen Endpunkt. Dennoch konnte sie sich die Evolution nur als eine Geschichte denken, in der das Verschwinden der Fische ein unschönes Ende allen Lebens auf der Erde ankündigte und der Mensch hauptsächlich als Antagonist auftauchte. Dass dieser Antagonist gegenwärtig wohl über das komplexeste Schmerzempfinden verfügte, machte die Geschichte auf den ersten Blick so absurd, dass Monique dabei die Konzentration zu verlieren drohte. Sie fragte sich, ob der Mensch nicht auf dem Wege der natürlichen Selektion nach und nach wieder weniger emotional werden würde. Entgegen der soziologischen These, der zufolge der Mensch Empathie und Emotionen benötigte, um in einer Gemeinschaft überleben zu können, ließ die tägliche Praxis inzwischen ein großes Ausmaß an Isolation zu. War die steigende Zahl von Depressionen und Selbstmorden in jenem Teil der Welt, in dem der größte Wohlstand herrschte und der nach eigener Auffassung am weitesten entwickelt war, nicht ein Hinweis darauf, dass in dieser zerbröckelnden Gemeinschaft die weit gefächerte Palette menschlicher Emotionen anfing, dem Menschen im Weg zu stehen? Oder würden die erhitzten Gemüter die Menschen in den kollektiven Selbstmord treiben und damit dem Problem der Überbevölkerung und folglich der Überfischung entgegenwirken? Sollte dieses Zuviel an Emotionen schließlich doch, über diesen grotesken Umweg, die Welt retten?

Moniques Gedanken kreisten in alle Richtungen, um am Ende wieder bei ihr selbst zu landen. War es ihre Empfänglichkeit für Kummer, die ihn verjagt hatte? Wie oft hatte sie gestaunt über die Kälte, die er sich auferlegen konnte. Panik hatte sie beschlichen, als sie miterlebte, wie er seine vorige Geliebte abfertigte. Sie hatte versucht, ihre Angst mit dem Glauben an seine Liebe zu bezähmen, meinte jedoch immer öfter auf eine Form von Abneigung zu stoßen, die sie nicht kannte und nicht begriff. In gewissem Sinne war sie auf die Gefühllosigkeit, in die er sich zurückziehen konnte, neidisch gewesen. Sie erblickte darin eine unangreifbare Heldenhaftigkeit. Wenn sie sich stritten, sah sie darin jedoch eine Charakterschwäche und nannte ihn einen Psychopathen. Kurz bevor er sie verließ, hatte er den Gedanken geäußert, dass sie ihn mehr liebe als er sie, weil ihre Fähigkeit, einen Menschen zu lieben, größer sei. Außerdem hatte er verkündet, dass er sich die Empathie, die sie ihm versucht habe beizubringen, nicht erlauben könne. Das Schaudern, das sie damals überkommen hatte, ließ sich erst jetzt deuten: Er war ein Mensch der Zukunft, sie einer der Vergangenheit. Dass er im Gegensatz zu ihr mit einem schlechten Gedächtnis gesegnet war, trug noch dazu bei. Monique Champagnes Erkenntnis ging einher mit einem nachgeholten und äußerst komplexen Schmerzempfinden.

Was konnte sie in Wladiwostok anderes tun, als sich noch ein letztes Mal mit aller Kraft ins Getümmel zu stürzen? Zum Glück hatte sie Nootjes nicht angerufen und abgesagt. Hier, in dieser fremden, verschmutzten Stadt am Japanischen Meer, bekam sie eine letzte Gelegenheit, alles zu rechtfertigen: den anfänglichen Verlust, die lange Reihe von missglückten Versuchen, die Lügen, mit denen sie Bundesgenossen vertrieben hatte, und den hartnäckigen Glauben an eine schlüssige Geschichte. Ihr ökologischer Fußabdruck war durch das viele Fliegen immer größer geworden. Doch nicht umsonst. Sie würde sich auf das konzentrieren, was Nootjes vor Wochen von ihr gefordert hatte: Gefühl. Auf diesem maritimen Kongress musste sie den Leuten zeigen, dass Emotion zu Bewusstwerdung führen konnte. Sie würde hier eine letzte, unvergessliche Tat vollbringen.

Zuerst musste sie versuchen, den Weg zum Hotel zu finden. Der Taxifahrer hatte sie bei einem chinesischen Markt abgesetzt. Die Verkaufsbuden hinderten ihn daran, die Fahrt fortzusetzen. Seitdem das Taxi abgefahren war, war Monique schon zweimal an demselben Turm von Äpfeln vorbeigekommen. Ihre gereizten Atemwege waren mittlerweile verstopft, die Schwermetalle, die sie einatmete, taten ihre Wirkung. Der Verkehr zwang sie, schnell zu gehen, jetzt in die entgegengesetzte Richtung, in der Hoffnung, irgendwo einen Hinweis auf das Hotel zu entdecken. Die Fahrer der teuren Wagen trugen Mienen, als täte es ihnen nur um den Blechschaden leid, sollten sie sie überfahren. Von Uringeruch fortgetrieben, durchquerte Monique rennend einen unterirdischen Fußgängertunnel. Nach einer halben Stunde Suchen erkannte sie ein Reisebüro am Namen wieder: Scum-InTour. Sie war erneut im Kreis gelaufen.

Weil sie ihren Koffer absetzen wollte, begab sie sich in das Restaurant eines nahe gelegenen Kaufhauses. Sie aß dort ein fürchterlich fettes Gebäck mit Käse und trank einen Cappuccino, der mit Instantkaffee zubereitet war. Die Einrichtung der Supermarktabteilung mutete so russisch an, dass Monique sich fragte, ob man sich hier schon selbst parodierte. Obwohl sie auf das Schlimmste gefasst war, schlug ihr die Fischabteilung aufs Gemüt. Massengräber mit preisgünstigen, aufgeschnittenen, seltenen Fischen. Dosen Beluga, aufeinandergestapelt wie Spielzeugklötze. Meeresfrüchte, wie Berge von wertlosen Kunststoffperlen aufgeschichtet, in denen feiste Frauenfinger wühlten. Diese Russen, dachte Monique voll bitterer Rachsucht. Eilig setzte sie ihre Suche nach dem Hotel fort.

Ihr roter, abgewetzter Koffer störte die beigefarbene Neutralität des Zimmers. Während sie ihren Mantel aufknöpfte, fiel ihr Blick auf eine Reproduktion an der Wand, das einzige andere farbige Element im Raum. Das Stillleben zeigte zwei geschälte, in der Mitte durchgeschnittene Zitronen und zwei tote Makrelen, die mit aufgesperrten Mäulern auf und neben verziertem Tongeschirr lagen. Für Monique Champagne war das eine Bestätigung dessen, was sie schon vermutet hatte: Sie war an einem der fischfeindlichsten Flecken dieser Erde gelandet.

Auf dem Schreibtisch fand sie ein Kongressprogramm vor. Ihre Sprechzeit, 11:00–11:05 Uhr, war gelb markiert. Daneben stand: »Monique Champagne, Belgium: *poem*.« Man schien ein Gedicht von ihr zu erwarten, das fünf Minuten dauerte. Monique blätterte den Rest des Programms durch, sah nach, ob jemand nähere Erläuterungen auf die Rückseite eines Blattes geschrieben hatte, suchte auf dem Boden unter dem Schreibtisch nach einem fortgewehten Willkommensgruß, dann nach einer Telefonnummer, unter der sie einen der Organisatoren erreichen könnte. Schließlich fand sie tatsächlich eine Nummer und wurde nach einer großen Variation von Wartetönen mit einem Mann verbunden, der sie fragte, ob es ein Problem gebe.

»Ich schreibe keine Gedichte«, sagte Monique.

»Ich auch nicht«, sagte der Mann.

»Im Programm steht, dass ich morgen ein Gedicht vortragen werde, aber das stimmt nicht.«

»Was mich betrifft, können Sie auch einen Witz erzählen«, sagte der Mann.

Und Monique Champagne fiel keine andere Antwort ein als: »Gut.«

Die Badewanne, die sie danach volllaufen ließ, hatte keinen Abfluss in der Mitte. Als sie vom Emailleboden aus Luftblasen an die Wasseroberfläche blies, gab ihr ihre Wut ein, dass sie den Witz von der Dichterin erzählen sollte, die Fische retten wollte und sich stattdessen in einer Badewanne ertränkte.

Dennoch trug ihr Pflichtbewusstsein den Sieg über ihre Verärgerung davon. Eine Nacht lang bemühte sie sich nach Kräften, ein Gedicht zu schreiben. Als es Morgen wurde, war sie müde und unzufrieden. Das Einzige, was sie an ihrem Gedicht gut fand, war, dass es exakt fünf Minuten dauerte. Und dass es eine Botschaft enthielt, die vielleicht ein einziges Paar Ohren erreichen würde, einen einzigen Kongressbesucher daran hindern würde, nicht korrekten Fisch zu essen, ein einziges ökologisches Bewusstsein schärfen würde. Sie musste jetzt durchhalten, ihre eigenen Interessen zurückstellen, nicht an Stolz und Ehre denken.

Eine Hostess empfing sie am Eingang des Kongressgebäudes und begleitete sie zu einem Mann, der ihr die Hand schüttelte und sich als einer der Initiatoren des Kongresses vorstellte.

»Die Dichterin«, grinste er. Ohne eine Reaktion abzuwarten, geleitete er sie in den Vortragssaal. An den Wänden befanden sich Dolmetscherkabinen. Er wies ihr einen Platz in der ersten Reihe zu.

»Viel Erfolg«, fügte er unerwartet aufrichtig hinzu, bevor er selbst irgendwo anders Platz nahm.

Monique war erstaunt über die große Zahl von Zuhörern, die wenig später durch die Türen strömte. Dass sich der Saal bis auf den letzten Platz füllte, musste mit dem Vortrag zu tun haben, der auf ihr Gedicht folgen sollte. Darin würde die Zusammenarbeit zwischen Meeresbiologie und Schifffahrtsindustrie beleuchtet werden. Interessant, fand Monique, interessant. Konnte man an den Gesichtern ablesen, wer Biologe war, wer Kapitän, wer der Erfinder des besten Fishfinders?

Viele Asiaten, fiel ihr auf. Wahrscheinlich in erster Linie Japaner, ein Volk, das womöglich noch stärker für die Überfischung verantwortlich war als die Russen oder die Spanier.

Monique Champagne hatte die japanische Kultur bis vor Kurzem sehr bewundert. Nun musste sie sich auf die Zunge beißen, um keine Schimpftirade loszulassen, in der sie die Japaner als kaltblütige Mörder beschreiben würde, Gewissenlose, die mit Fischereisubventionen um sich warfen, als ob es Kirschblüten wären, Vernichter von Thunfisch, Baby-Aal und, nicht zu vergessen, Wal, wofür sie in all ihrer Scheinheiligkeit auch noch wagten, wissenschaftliche Gründe vorzubringen, diese herzlose Bande von Sashimi fressenden Soziopathen!

Sie hatte angefangen zu schwitzen. Sie musste sich beruhigen. Die Reihen hinter ihr waren ganz bestimmt hauptsächlich mit Wissenschaftlern gefüllt. Und Wissenschaftlern musste sie doch vertrauen.

Der Mann, der sie zu ihrem Platz geleitet hatte, bestieg das Podium und klopfte so lange gegen das Mikrofon, bis dieses eingeschaltet wurde. Er hieß alle, und einige im Besonderen, auf dem *International Congress on Marine Biology* willkommen, der zum ersten, aber sicherlich nicht zum letzten Mal in Wladiwostok abgehalten werde. Wie die Kongressteilnehmer zweifellos schon festgestellt hätten, sei Wladiwostok eine pulsierende Stadt, die in der Vergangenheit bereits verschiedene andere Kongresse dem Meer gewidmet habe, nämlich den *International Fishery Congress,* der gerade zu Ende gegangen und wie jedes Jahr mit der *Pacific Future Fishery Expo* zusammengefallen sei.

Monique fand es unfassbar, dass der Mann hier einen Fischereikongress zur Sprache brachte, auf dem Lobbyisten ungeniert für die Erhöhung von Fangquoten eintraten. Auf Fischereimessen wurde digitale Meereskarten-Software mit dem Werbespruch »Fische hassen uns« angepriesen. Nein, Monique beruhigte sich nicht.

Der Mann redete noch lange über die beeindruckenden Verdienste des Redners, der auf Monique folgen sollte. Abschließend sagte er: »Doch bevor wir beginnen, wollen wir uns noch die poetischen Bemühungen von Michelle Champagne anhören. Bemerkenswert an dieser belgischen Dichterin ist, dass sie nicht in ihrer französischen Muttersprache schreibt, sondern auf Deutsch. Für den *International Marine Biology Congress* hat sie ein kleines Gedicht über Fische geschrieben. Genau wie bei den Vorträgen können Sie die Kopfhörer verwenden, um eine Simultanübersetzung zu hören. Willkommen, Frau Champagne.«

Monique erhob sich und bestieg das Podium. Nach einem allgemeinen leisen Geraschel von Kopfhörern, die aufgesetzt und eingeschaltet wurden, senkte sich eine gespannte Stille, und die neugierigen Gesichter wandten sich ihr zu.

»*Good morning*«, sagte Monique, während sie das Blatt mit dem Gedicht auseinanderfaltete. Sie räusperte sich, länger als gewöhnlich, weil ihre Stimme sich tief in ihren Körper zurückzuziehen schien.

Ich, Ambulocetus

Jemand hustete, Monique wartete und begann noch einmal von Neuem, als das Husten aufgehört hatte.

Ich, Ambulocetus
schütte auf den Schatten der Wolke
die mir das Verweilen versagt
die Erde von meinen Schultern;
ich kehre zurück ins Meer.

Es war besser, wenn sie nicht mehr aufblickte. Die Gesichter zwischen den Kopfhörern runzelten leicht die Stirn. Hinter dem Mattglas der Dolmetscherkabinen war niemand zu sehen.

Ich, Ambulocetus

Jemand kicherte unterdrückt.

diene unter Wellen von leerem Wasser

Das Kichern hörte nicht auf, wurde ergänzt, verstärkt durch immer mehr Kehlen von Menschen, die es gar nicht so böse meinten, wie Monique Champagne wusste.

Tang, der mich würgt, kleine Fische

Die lang gezogenen Lacher, das Gewieher, so etwas passiert eben bei erzwungenem Stillschweigen, bei Poesie an der falschen Stelle.

die wissen, wie es war;

So ist das mit dem Gelächter in großen Gruppen, es wirkt ansteckend.

ich tauche zu meiner Rettung.

Sie wusste auch, beim Auslassen aller folgenden Strophen, dass hier ein Eimer Wasser hätte stehen müssen. Sollte sie sich später im Hotelbadezimmer ertränken, würde man in ihr lediglich einen hoffnungslosen Fall sehen. Doch hier, nach einem Gedicht über das Verschwinden der Fische und umgeben vom Hohngelächter der Waljäger, hier müsste sie auf ihre Knie niedersinken und ihren Kopf unter Wasser tauchen. Um sie als Jan Palach der Meeresökologie zum Schweigen zu bringen. Um ihnen endlich klarzumachen, dass die Welt im Begriff war, unterzugehen.

Doch hier stand kein Eimer Wasser. Wohl gab es ein paar Stufen nach unten und einen Gang, der zu einer Tür führte.

Natürlich hatte sie es vermasselt, Monique Champagne, die sich nicht mehr eine Prophetin wähnte, höchstens eine ehemalige Autorin, die noch ein letztes Mal an die Sprache hatte glauben wollen, in Ermangelung von etwas Besserem, wider besseres Wissen. Selbstverständlich wurde sie mit jedem Schritt durch die Hotelhalle stärker von der Einsicht durchdrungen, dass ihre Mission gescheitert war. Und natürlich, als sie sich an der Bar ein Glas unverdünnten Wodka in die Kehle goss, wusste sie, dass der lang andauernde Versuch, den sie unternommen hatte, an ein bitteres Ende gekommen war.

Sie glaubte nicht, dass der Mann, der sie schon eine Zeit lang beobachtet hatte und ihr jetzt mit einem breiten Grinsen »Na zdorovje« wünschte, daran etwas würde ändern können. Thomas, dachte sie, ich bin eine Verliererin geblieben, und gleich werde ich auch noch von einem Russen angemacht werden, vielen Dank auch. Möglicherweise beurteilte sie die Absichten des Mannes falsch, doch es konnte bestimmt nicht schaden, sofort einmal klarzustellen, wie es um ihre eigenen stand.

»Ich habe kein Bedürfnis nach Sex«, sagte Monique.

Schon wieder fand jemand sie zum Lachen. Sie legte ihren Kopf auf den Rand des Tresens, neben das leere Glas, eine

Haltung, die dem Mann anscheinend nicht ungewöhnlich
vorkam.

»*No problem.*« Sein russischer Akzent verlieh seinem Englisch etwas Träges und Indiskretes. »Was machst du hier?«

Eine gute Frage, fand Monique Champagne.

»Ich bin hier im Namen der Fische gewesen«, sagte sie.
»Aber jetzt nicht mehr. Jetzt bin ich kaum noch hier.«

Lach nur, dachte sie, doch das tat er diesmal nicht. Stattdessen wollte er wissen, wie sie heiße. Sie antwortete wahrheitsgemäß, zu müde, um sich etwas auszudenken.

»*Money is a very strange name*«, sagte der Mann. »*But it is
good. Money is always good.*«

»*Not Money!* Monique!«

Sie vertraute ihm auch ihren Nachnamen an und ließ sich
auf ein Glas Champagner einladen. Dass jemand mit ihrem
Namen keine Französin sei, wollte er nicht glauben.

Netter Russe, lass mich in Ruhe, dachte Monique, die weiter antwortete, weil nicht zu antworten schwieriger war und
sie an der Bar sitzen bleiben wollte.

»Fisch heißt *ryba* auf Russisch«, erzählte er ihr. Er kenne
auch das Wort *poisson*. Er spreche ihre Sprache.

Weil sie sich nicht mehr zu einer Antwort aufraffen
konnte, tranken sie schweigend aus.

»In jedem von uns steckt ein Fisch, aber bei mir kann man
das sogar fühlen«, sagte er.

Es waren die einzigen Worte, die Monique dazu bewegen
konnten, ihm in seine blauen Augen zu schauen.

»Ich habe eine branchiale Zyste«, sagte der Mann. »Weil
meine vierte Kiemenspalte nicht vollständig zugewachsen
ist.« Nicht ohne Stolz wies er auf seinen Hals, der tatsächlich
etwas geschwollen wirkte, zu breit für seinen schlanken Körper.

»Ich hab gedacht, dass so was nur bei Neugeborenen vorkommt«, sagte Monique. »Und dass man das sofort operiert.« Nicht alles glauben, was er sagt, dachte sie.

»Es hat erst vor Kurzem angefangen zu schwellen. Aber ich muss sie schon als Baby gehabt haben, diese offene vierte Kiemenspalte. Damals wurde ich übrigens wirklich operiert, an den Überresten einer Kiemenklappe auf meinem dritten Kiemenbogen.«

Monique konnte nicht verhehlen, dass diese Eröffnung enormen Eindruck auf sie machte. Es gab nur sehr wenige Menschen, in denen der Fischvorfahr sich so nachhaltig behauptete.

»Das ist höchst ungewöhnlich«, sagte sie.

»Aber demnächst kommt die Zyste raus.«

»Nein, bitte nicht!«

Er brummte ungestüm. Wie kam es nur, dass sie nicht sofort gesehen hatte, wie außergewöhnlich, wie anziehend dieser Mann war.

»Wie heißt du?«, fragte Monique.

Sein Name war Gavril, aber er wollte lieber Gav genannt werden.

»Möchtest du mal fühlen?«, fragte er.

Monique nickte verlegen. Er ergriff ihre Hand und führte sie an seinen Hals. Vorsichtig befühlte sie seine warme Haut. Wieder hatte sie den Eindruck, von einer Welle überrollt zu werden, aber diesmal war es kein unangenehmes Gefühl.

»Drück nur«, sagte Gav. »Es tut nicht weh.«

Monique betastete den Hals nun etwas kräftiger. Sie spürte seine pochende Schlagader, bevor sie das Geschwulst fand. Er schien nichts dagegen zu haben, dass sie ihre Lippen sanft dagegendrückte. Die Welle machte einen Salto in ihrem Bauch.

Als er aufstand, verwandelten sich ihre Brustwarzen in harte Beeren. Sie wollte diese schönen Zähne daran spüren, diese Lippen. Sie antwortete zuerst mit ihrem Mund, ihre Zunge tanzte mit seiner. Er war genauso groß wie sie, alles passte.

Er streichelte ihre Brust. Durch den Stoff ihres Kleides zeichnete ihre harte Brustwarze eine neue, unsichtbare Lebenslinie in seine Handfläche. Sie atmete rasch, drückte ihre Hüfte gegen seine, spürte durch die Bewegung den nassen Schritt in ihrem Höschen. Nur einen Augenblick lang hatte sie das Gefühl, sich nicht an ein Versprechen zu halten, das sie ihrem Kummer gegeben hatte.

»Komm«, sagte Gav.

In seinem Hotelzimmer legte er ihre beiden Hände auf ihrem Rücken übereinander. Er knöpfte ihr Kleid auf, ließ sie halb nackt stehen, während er einen Schritt zurückwich und sie betrachtete. Sie zog ihn zu sich heran, befreite seinen stattlichen Schwanz, betastete grob seine Hoden. Ein Tropfen Feuchtigkeit glitzerte auf seiner samtweichen Eichel. Sie beugte sich mit langer Zunge nach unten und leckte bis zu seinen Haaren und wieder zurück. Der Schwanz suchte die warme Innenseite ihres Mundes, sie schob ihn zwischen ihre Lippen, massierte ihn mit ihrer Hand, ihrer Zunge, er schmeckte und roch nach Meer. Immer wenn sie stöhnte, stöhnte der Mann mit, die Vibration rund um sein Glied ließ seinen Atem schneller gehen. Sie wollten mehr, er durfte noch nicht und zog sich aus ihrem Mund zurück.

Als er sie hochhob, schlug sie ihre Beine um seinen Rumpf, spürte seine großen Hände an ihren kleinen, runden Hinterbacken. Er trug sie ins Badezimmer. Während ein breiter Wasserstrahl die Wanne füllte, ließ sie seine Eichel über ihr glattes rosa Fleisch kreisen, wichste ihn zwischen Möse und

Hand. Er brummte, biss sich auf die Lippe, ließ sie an sich gepresst ins Wasser gleiten.

Monique blickte auf zwei Finger, die zwischen ihren Beinen landeten. Unter Wasser schnappte sein Mund erst nach der einen, dann nach der anderen Brustwarze. Sie schwitzten, keuchten, bissen. Ich fress dich auf, dachte sie. Sie rappelte sich hoch, wurde jedoch durch Küsse, Arme und seinen Kopf wieder überwältigt. Alles, was rosa an ihr war, wurde von heißem Wasser umkapselt und durch brennende Fäden miteinander verbunden: ihre Brustwarzen, ihre Lippen, ihre Möse, ihr Arsch. Mit seiner Zunge und seinen Fingern wickelte er die Fäden auf, bis sie beinahe rissen. Sie tauchten unter, bis sie keine Luft mehr bekamen, hielten sich an den Lippen fest, während ihre Haare träge miteinander tanzten.

Sie atmete ein, griff seinen schönen Schwanz, drückte ihn in sich hinein. Er atmete aus und hielt inne, stieß weiter, langsam und tief. Das anhaltende, tierische Geräusch kam aus ihrem Mund. Sie umklammerte ihn, während sie ihn durch das klatschende Wasser auf den Rücken drehte, sich auf ihn setzte. Zuerst legte sie ihre Wange an die Schwellung an seinem Hals, dann ihre Hand. Sein Puls schlug gegen ihre Handfläche, während sie ihre Nase in seinen Brusthaaren vergrub und eine Spur von Schweiß und Wasser von seiner Haut einsog.

Monique Champagne hockte auf ihm, beugte sich weit nach hinten, stützte sich mit einer Hand ab, kehrte beide Knie nach außen, sodass er sie gut sehen konnte; es machte ihr nichts aus, sie besaß keine Scham mehr, keine Abwehr, keine Kontrolle, alles, alles, alles ist nur noch Fleisch, alles ist wahr, sieh nur gut hin, denn sie ist schön.

Sein Blick bekam vorübergehend etwas Untertäniges, der Genuss bildete auf seiner Zunge und in seinen Augen Wörter, deren Anfangsbuchstaben seine Lippen lautlos formten. Er setzte sich auf den Rand der Wanne. Auf seinem Schoß, mit einem Bein auf dem Boden und einem im Wasser, fühlte sie ihn jetzt noch tiefer in sich, es war wunderbar und tat weh. Es regnete Badewasser. Sie drückte ihre Stirn gegen seine Stirn, er drückte dagegen. Zusammen schauten sie nach unten, sahen zu, wie er nun schneller, von der Spitze bis zum Ansatz, in ihr verschwand. Wie er lang und glänzend wieder aus ihrer gespannten Haut glitt. Und wieder hinein. Er durfte alles mit ihr machen. Zwischen ihren Zähnen sog sie die schwere Luft ein.

Mit zitternden, schwankenden Leibern standen sie auf, sein Schwanz noch in ihr, ihre Fesseln im Wasser. Ihre Hüften drückten seine Hand gegen die Wand, hinterließen Abdrücke auf den beschlagenen Fliesen, während seine Finger sie unablässig weiter berührten. Er schlang seinen freien Arm um sie, noch oberhalb ihrer Brüste, wie um einen Freund, sie waren Freunde, ihre Hinterbacken schmiegten sich in seinen Schoß. Er stieß tiefer in sie hinein, biss in ihren Nacken, stieß ihn hinein, biss in ihren Nacken. Er küsste ihre nassen Haare, die Seite ihres Kopfes, sie gab es ihm, gab sich hin, ihr Hintern in seinem Schoß, fühlte seine Finger im Nassen, seinen harten Schwanz in ihr. Und jetzt legte sie ihre Hand auf die Hand des Freundes, des Geliebten, ihren Arm an seinen Arm, sein Arm um sie geschlungen, er berührte sie tief, seine Finger in ihrer Nässe, beinahe, beinahe wäre sie gekommen, sie kam jetzt, sie kam, er auch, sie spürte seine Feuchtigkeit, sie stöhnte wie ein angeschossener Hirsch, sie hörte die Wellen gegen ihre Beine schlagen, hörte, wie er brüllte.

Ihre Knie sackten ein.

Sie fielen auf die Knie.

Waren selbst Gott.

Die unverbesserliche Monique Champagne. Immer wieder auf der Suche nach der einen schlüssigen Geschichte, in der sich alles zum Guten wenden und sie glänzen würde. Eine einzige leidenschaftliche Nacht in den Armen eines Russen mit einer branchialen Zyste reichte aus, um dem gesamten zurückliegenden Geschehen seine Sinnlosigkeit zu nehmen. Die Spur von Trümmern und Misserfolgen, die sie hinter sich herzog, führte hierher, zu diesem Fischmann, an den sie ihren Körper schmiegte und den sie mit einem Arm fest umklammerte. Nur kurz bedachte sie, dass sie noch nicht wusste, was er für sie bedeuten würde, doch dass es etwas Wichtiges war, stand fest. Ein Mann mit einem Kiemenbogenüberbleibsel. Dessen Körper zu ihr gehörte. Nach all dem Liebesleid und all dem Fisch. Es war doch fast unmöglich, daraus keine Liebe abzuleiten, darin kein Nachhausekommen zu sehen.

»Australische Wissenschaftler haben den ältesten Beweis für eine Befruchtung durch Penetration in einem dreihundertachtzig Millionen Jahre alten Fischfossil gefunden«, sagte Monique.

»*Shut up*«, sagte Gav zärtlich.

In ihrem Traum war sie ein Fisch, der aus dem Meer hinauswollte. Dilemma, dachte sie. Die Luft würde sie mit der Präzision eines Raubvogels töten. Das Wasser, voller Schwermetalle, plante einen langsamen Mord. Da wurde Monique Champagne bewusst, was für ein Fisch sie war. Die Luzidität machte sie schwindlig. Sie zog eine scharfe Linie durch das Nass, das immer schneller an ihren Schuppen vorüberstrich. Als sie ihren Kopf hinaus in die Wärme reckte, öffnete sie ihre Flossen wie Flügel. Eingekapselt von einem schnellen Luftstrom, glitt sie über die Wasseroberfläche. Von selbst.

Gav wollte auch nicht, dass es bei dem einen Mal blieb. Er setzte sich neben sie auf das Bett, um seine Schnürsenkel zu binden. Als er damit fertig war, legte er seine Hand auf ihre. Die Nacht sei eine der aufregendsten seines Lebens gewesen, und Monique habe einen Platz in seinem Herzen. Dennoch habe es wenig Sinn, wenn sie jetzt ihre Flugtickets umtausche, um zu einem späteren Datum nach Hause zu fliegen. Es sei besser, sich in ein paar Wochen wiederzusehen, in einer anderen Hafenstadt. Schließlich würden sie heute Abend ja auch aus Wladiwostok auslaufen.

»Auslaufen?«, fragte Monique.

»Ich bin Kapitän«, sagte Gav. Er versuchte zu schätzen, wie oft das Hotelzimmer in sein Kühlschiff passte, gab es jedoch bald auf. Er schien ganz erpicht darauf zu sein, ihr sein Schiff zu zeigen.

»Wir haben noch ein bisschen Zeit«, sagte er.

Monique dachte an den Tropfen, der von seinem Bauch auf ihren geglitten war. Sie wollte sich das Schiff nicht ansehen, sie wollte die verbleibende Zeit damit zubringen, die Decke über ihre Köpfe zu ziehen und zu vergessen, was er gerade gesagt hatte.

»Komm!«, sagte er. Mit einem raschen Schwung hob er sie aus dem Bett. »Du wirst deinen Augen nicht trauen.«

»So ein Kühlschiff, das ist doch ein Transportschiff?«, fragte Monique im Taxi, wo sie neben ihm auf der Rückbank saß.

»Fischer laden ihren Fang in mein Schiff um«, sagte Gav, »damit sie nicht andauernd zum Hafen zurückkehren müssen.«

»Und damit sie die Kontrollen umgehen können«, versetzte Monique bissig.

Gav schnaubte. »Ach, das«, murmelte er.

Sie starrten durch gegenüberliegende Fenster nach draußen, bis er seinen Arm um Moniques Schultern legte. Monique drückte ihre Wange an seine Hand. Es blieb still. Das Taxi parkte am Hafen, und Gav wechselte beim Zahlen ein paar russische Worte mit dem Fahrer.

Monique stellte fest, dass Wladiwostok nicht die geringste Ähnlichkeit mit Istanbul hatte, auch nicht mit dem Goldenen Horn. Sie blickte auf die am Kai liegenden Schiffe. Der Wirrwarr von Masten und Kabeln erinnerte sie an Insekten, an Heuschreckenbeine.

Sie liefen nebeneinander an den Schiffen entlang. Hier und dort grüßte Gav lautstark einen Seemann.

»Ich möchte dich wirklich wiedersehen, Monique«, sagte er. »Es war etwas Besonderes, fand ich, dieser Fick.«

»Ja«, sagte Monique. Sie flog ihm um den Hals, wollte hier stehen bleiben, ohne sich zu rühren, im Wind auf dem Kai, so lange wie möglich. Er drückte sie fest an sich, lief danach neben ihr weiter mit ihrer Hand in seiner.

»Hast du jemals etwas Schöneres gesehen?«, fragte er, als sie vor seinem Kühlschiff standen. Er ließ ihre Hand los.

Es passten entsetzlich viele Hotelzimmer, ja ganze Hotels in dieses Schiff, sah Monique. Sie las den Namen auf dem schwarzen Rumpf. *Mumrinskiy.*

Gestern hatte sie ein Muttermal bei Gav entdeckt. Einen hellbraunen, nicht ganz kreisrunden Fleck unten an seinem Rücken, linke Seite, dort, wo sich bei Thomas eine Konstellation von Sommersprossen befand.

»Dieses Schiff ist in der Barentssee gewesen«, sagte sie.

»Woher weißt du das?«, fragte er. Es lag nichts Argwöhnisches in seinem Tonfall, sein Erstaunen war aufrichtig. Er blickte auf sein Schiff, wie um herauszufinden, wo Monique Spuren der Barentssee entdeckt haben könnte.

»Greenpeace hat es in den Niederlanden besetzt. Es war nicht gerade ein Musterbeispiel für nachhaltige Fischerei.«

Sie hatte auf den Boden gesehen, als sie das sagte, doch er drückte ihr Kinn nach oben, zwang sie, ihm in die Augen zu blicken. Dass dort nichts Bösartiges zu entdecken war, machte es ihr noch schwerer.

»Monique«, sagte er. »Du kennst diese Welt nicht. Du weißt nicht, wie es ist, von der See zu leben.«

Sie nickte.

»Ich möchte es dir zeigen«, sagte er.

Sie sagte, das sei nicht nötig. Es sei besser, nichts miteinander anzufangen. Ein letztes Mal drückte sie ihre Lippen auf seinen Hals. Je weiter sie sich von ihm entfernte, desto lauter brüllte er ihren Namen. Bis er nicht mehr sichtbar war und verstummte.

Monique betrachtete den durchsichtigen Streifen Zwiebel oder Bohnenhülse, den sie aus ihrer Flugzeugmahlzeit herausgefischt hatte. Weil der Mann neben ihr interessiert zuschaute, hob sie die Gabel direkt vor sein Gesicht.

»Finden Sie nicht, dass dies genauso aussieht wie der Leptocephalus eines Aals?«, fragte Monique.

»Wie bitte?«, sagte der Mann. Seine Frau, die an seiner anderen Seite saß, tat, als habe sie nichts gehört, und aß ruhig weiter.

»Faszinierende Tiere, Aale, finden Sie nicht?« Monique fand, dass sie recht munter klang.

»Ja«, sagte der Mann vorsichtig. »Aber hier ist kein Aal drin, wissen Sie.« Er beugte sich wieder über sein Schälchen. Nach kurzem Zögern führte er einen weiteren Bissen zum Mund.

»Niemand hat die Aale bisher beim Laichen beobachten können.«

»Haben Sie nicht gehört, was mein Mann gesagt hat?«, schaltete sich die Frau jetzt ein. »Das hier ist kein Aal. Es ist Huhn.«

Monique fuhr unbeirrt fort: »Es muss wohl in der Sargassosee passieren, denn dort gibt es dann plötzlich diese Leptocephali. Aallarven. Sehen aus wie durchsichtige Bändchen.«

»Ach so«, sagte der Mann.

»Zwei Jahre lang treiben und schwimmen die Tierchen mit dem Golfstrom. Bis sie den Kontinentalsockel erreichen. Dort werden sie langsam rund, Sie wissen, wie ein Aal aussieht. Zuerst sind sie noch durchsichtig.«

Mit einem sauren Gesicht legte die Frau ihre Gabel ab.

»Darum nennt man sie Glasaale. Drei Jahre dauert es, bis sie europäisches Süßwasser erreichen!«

»Jaja.« Der Mann veränderte seine Sitzhaltung. Er warf seiner Frau einen verzweifelten Blick zu. Diese legte demonstrativ ihre Serviette auf ihren Teller. Während Monique Champagne immer schneller und lauter sprach, tat sie, als lese sie in einer Zeitschrift.

»Schließlich bekommen sie Farbe, werden groß und alt! Es sind Tiere, die geschützte Stellen lieben, sie verstecken sich zwischen Schilfwurzeln, graben sich ein! Und um zu laichen, schwimmen sie die ganze Strecke zurück in die Sargassosee! An die sechstausend Kilometer, wenn es sein muss! Dieser Weg ist so weit, weil sich die Kontinente verschoben haben! Weil der Atlantische Ozean in all den Millionen Jahren, die es Aale gibt, so groß geworden ist! Aber sie halten durch! Sie schwimmen und kriechen über Land, bis sie dort sind!«

»Sprechen Sie doch etwas leiser!«, sagte die Frau jetzt spitz und bestimmt. Es schien sie zu stören, dass einige Leute sich über die Kopfstützen ihrer Sitze hinweg nach ihnen umdrehten.

»Warum erzählen Sie mir das alles?«, fragte der Mann. Er wollte missbilligend klingen und nicht ermunternd. Schnaufend verbarg seine Frau ihren Kopf wieder hinter der Zeitschrift.

»Weil sie doch jetzt am Verschwinden sind!«, rief Monique. »Wir machen sie doch kaputt. Verstehen Sie mich, verstehen Sie, was nicht stimmt? All diese sinnlose Schönheit. All diese sinnlose Schönheit!«

Eine Stewardess forderte sie freundlich auf, sich neben sie zu setzen, hinten im Flugzeug. Monique nickte und folgte ihr. Den Rest der Reise war sie ganz still.

In Moskau landete sie zum letzten Mal auf ausländischem Boden. In ein paar Stunden würde sie ihr eigenes Land erreichen. Sie versuchte zu glauben, dass es nach Hause ging, doch kam ihr das wie eine Lüge vor. Der Boden, zu dem sie zurückkehrte, würde ihr fremd sein. Mit jedem Schritt, der sie näher zu Halle C brachte, wo das Flugzeug an Gate 53 bereitstand, wurde die Botschaft deutlicher: Sie wollte nicht zurück. Denn Thomas war nicht dort. Thomas sollte aber dort sein, das war es, was sie wollte. Sie wollte Thomas hören. Sie hatte ihn nicht mehr angerufen, seit er vor Monaten in einer SMS geschrieben hatte: »Bitte nicht nach Mitternacht anrufen.« Bitte. Nun musste sie sich vergewissern, dass es endgültig keine Geschichte mehr gab, dass er sie nicht vom Flughafen abholte, sie von keinem Flughafen wo auch immer auf dieser Welt jemals noch abholen würde.

Während sie die Nummer wählte, die sie nicht vergessen konnte, hoffte sie noch, dass ihr im nächsten Augenblick das Gegenteil bewiesen würde.

»Hallo?«

Dass die Stimme so wiedererkennbar bleiben konnte; dass

ihre Augen dadurch wie auf Kommando von Tränen überschwemmt wurden. Thomas!

»Hallo?«

Und Monique Champagne machte ihn noch einmal, unterbrochen von Schluchzen. »Hehehe.« Den Giftzwerg. Wie sie es früher, vor gar nicht so langer Zeit, ein paarmal pro Tag getan hatte.

»Hallo?«

»Hehehe. Hehehe.« Sie war der Giftzwerg. Und er würde gleich auch einer sein. »Hehehe.«

»Was ist los?« Es war eine Frauenstimme, eine Frau im Hintergrund, die ihn das fragte.

»Ein Witzbold«, sagte er, bevor er auflegte.

Und sie lachte immer noch wie der Giftzwerg, als sie inmitten der Reisetaschen und Reisenden ihre Arme ausstreckte und losstürzte. Während Menschen ihr eilig aus dem Weg gingen und ihr der Rotz aus der Nase lief, lachte sie schluchzend wie der Giftzwerg. Sie tanzte in einen Tax-free-Shop und blieb vor einem Regal mit Gläsern stehen. Reihenweise große Gläser, Gläser voller Thunfisch, die sie öffnete, ohne auf die Umstehenden und die Kassiererinnen zu achten, die einen Ring um sie bildeten, ohne auf ihre Stimmen zu hören, die sich um sie herum erhoben, jedoch nicht verhindern konnten, dass sie mit ihrer ganzen Hand in ein Glas fasste, das feste Fleisch des großen, schnellen Fisches herausholte und es zwischen ihren Lippen verschwinden ließ. Mit gierigen Bissen und einem Mund, der zu voll war, um unsichtbar zu kauen, aß sie das Glas ganz leer. Bis kein Krümel Fischfleisch im eigenen Saft mehr übrig war.

Kaspisches Meer

Wenn sie sich auf ihr Bett stellt, kann Monique Champagne durch ein Fenster, das sich weiter oben in der Wand befindet, das Meer sehen. Sie weiß nicht, welches Meer, weiß nicht sicher, ob es wirklich ein Meer ist, dort zwischen den Bergen, hinter den Tannen, es könnte ein See sein oder auch ein riesiger Weiher – sie schaut selten. Meistens liegt sie auf dem Rücken, manchmal auf dem Bauch, aber es gibt Augenblicke, in denen sich ihr Körper bewegen will, in denen er sich anmutig an den abgeblätterten Wänden entlangwindet, sich wieder von ihnen löst. Ihre Füße gleiten und springen quietschend über das beschädigte Linoleum, ihre Handgelenke beschreiben ganze Kreise, ihr Hals knackt und dreht sich, Rumpf, Rücken, Hüften beugen sich nach allen Seiten – sie schwitzt.

Einmal hat die Bewohnerin dieses Hauses sie durch einen Türspalt beobachtet, als sie tanzte. Die Frau trug ein Tuch um ihre Haare und hielt Zweige in ihren verwitterten Händen. Monique runzelte ihre erhitzte Stirn, stürmte zur Tür und schlug sie zu.

Sie mag es nicht, beobachtet zu werden, aber wenn die Frau ins Zimmer kommt, ist Monique friedlich. Es ist schon schwierig genug, dass die andere nichts sagt. Vielleicht macht sie ihre Arbeit, wird dafür bezahlt, dass sie sich um Monique kümmert. Doch danach sieht es nicht aus. Sie trägt keinen weißen Kittel, wirkt arm und spricht kein Englisch. Meistens schaut sie Monique nur aufmerksam, abwartend an. Ihr

Blick ist wässrig grün, ernst, ihr Gesicht dunkel, gezeichnet von wechselndem Wetter. Viel älter als Monique dürfte sie nicht sein. Oft bringt sie Teller mit einer einfachen Mahlzeit: Weißkäse, hartes Brot, kleine, verschrumpelte Äpfel. Sie setzt sich dann auf den Rand des Bettes und schaut zu, wie Monique isst. Manchmal stürzen Wasserfälle von Muttersprache aus ihrem Mund, in fragendem Ton, immer lauter wiederholt, in der Hoffnung, dass eine größere Lautstärke das Verständnis fördern könnte. Monique vermutet, dass es Russisch ist. Hier lässt sich nichts erschließen, weder die Sprache noch das Land oder die Jahreszeit.

Auch Moniques Kleider sind ihr fremd. Sie trägt einen hellgrauen Jogginganzug, der auch ein Schlafanzug sein könnte, aus einem synthetischen Stoff, der ihren Schweiß stinken lässt. Jede Nacht zieht sie das Oberteil und die Hose aus, um sie zu lüften. Doch Gänsehaut treibt sie immer wieder dazu, ihrem Geruch keine Bedeutung beizumessen.

Sie schläft gierig, nachts, tagsüber, als hätte sie Jahre aufzuholen. Meistens ist es still, manchmal meint sie in der Ferne einen Schrei zu hören, von jemandem, der Angst hat oder kämpft. Vielleicht gibt es andere wie sie, in anderen Zimmern, doch Monique verlässt das Zimmer nicht, um es herauszufinden, sie möchte sicher hinter der geschlossenen Tür bleiben, schließt sich ein unter Decken, im Schlaf, in Träumen. Sie sitzt in der Badewanne und hält einen Fisch fest, während das Wasser abläuft. Auch er watet in ihren Träumen herum, ihr Thomas, noch nicht ihr Ex. Er besucht sie, jede Nacht, jeden Tag hebt er sie aus der Wanne. Er will nur sie, und aus seinen aufgesperrten Augen strömt immer noch Liebe, sie küsst ihn, küsst ihn, wacht lachend auf. Dann gibt es auch Albträume, in denen sie taumelnde Messer durch die Luft sausen hört, in denen er Beifall klatscht, wenn sie sie mit ihrer Brust auffängt. Während sie verblutet, zeigt er ihr, wie eine andere – schöner, geschmeidiger – ihn besteigt.

Nach einiger Zeit verschwindet er. Sie irrt durch die leeren Zimmer ihres Hauses, ruft ihn ebenso unaufhörlich wie vergeblich. Noch einmal sieht sie ihn über einen Strand laufen, zum Meer. Sie rennt, sie ruft seinen Namen, ruft, dass er nicht ganz bei Trost ist, holt ihn nie ein, die Wellen haben ihn schon an den Fersen gepackt. Sie fleht ihn an, fleht, er möge sich umdrehen, damit er sie sieht. Sie hat den Eindruck, dass er das auch will, denn er bleibt stehen, scheint sie zu hören. Das Wasser reicht ihm schon bis an die Knie. Er dreht sich um, wendet seinen Kopf ihrer Stimme zu, sie erkennt ihn nicht. Sein Gesicht verschwindet, zuerst seine Nase, dann sein Mund, er schließt seine Augen, wird sie nie mehr sehen, seine Ohren heben sich nicht mehr von seinem Schädel ab, ihre Stimme dringt nicht mehr durch die glatter werdende Haut. Das Meer erreicht seine Hüften, seine Schultern, verschlingt ihn, er schwimmt von ihr weg. Welle auf Welle auf Welle durchtaucht sie, fädelt sie auf mit ihrem Leib, sucht seinen Kopf zwischen den Wogen, unter Wasser ist der Grund eine Wüste, das Meer leer, er verschwunden.

Selbst nach diesem Traum geistert er noch in ihren Gedanken umher. Manchmal denkt sie an sein arrogantes Lachen, an jeden Strich durch jede Rechnung, jede Zurückweisung, jede Unausgewogenheit zu ihrem Nachteil. Dann wird ihr Tanz zum Angriff, wobei sie sich den Wänden zuwendet und sie mit den Fäusten traktiert. Manchmal, immer noch, sieht sie vor sich, wie sie sich begrüßten, wenn sie nach Hause kamen: als ob Jahre zwischen Morgen und Abend lägen, wie er Kosenamen gurrt, sie Treppen hinunterstürzt, er seine Arme ausbreitet und sie auffängt. Bei diesen Erinnerungen ist ihr Tanz eine abgeschnittene Bewegung, und ihre Sprünge hal-

177

len wider, bei jedem Schwenk, jeder Umdrehung tanzt sie allein.

Und doch vermisst sie ihn allmählich weniger als sich selbst. Nur Fäden, Scherben und verhärtete Knetmasse scheinen von ihr übrig geblieben zu sein. Versonnen spielt sie damit, kann nichts Kreatives damit anfangen.

Als die Frau ihr das nächste Mal Käse und Äpfel bringt – das Brot scheint schon seit geraumer Zeit aufgebraucht –, bittet Monique sie um einen Spiegel. Sie macht sich mit Zeichen verständlich, tut, als halte sie einen in der Hand und kämme sich die Haare. Die Frau versteht, sie holt ein kleines Exemplar mit Flecken und einer abgebrochenen Ecke. Monique untersucht ihr Gesicht, während die Frau auf ihren Hinterkopf starrt – offenbar meint sie, dies überwachen zu müssen. Natürlich weiß Monique, dass sie es ist. Und doch hat sie den Eindruck, dass aus dem Spiegel eine Frau zurückstarrt, die sie vom Sehen kennt und die früher einmal durch ihr seltsames Verhalten ihr Interesse geweckt hat. Auch wird ihr bewusst, dass das, was sie für Schreie in der Ferne gehalten hat, möglicherweise Vögel sein könnten, die singen, weil das Sonnenlicht durch die Blätter scheint.

Die Frau bringt ihr weiterhin Nahrung, und auch das Reden gibt sie nicht auf. Antworten scheint sie nicht mehr zu erwarten. Sie macht kaum noch Pausen in ihrem Strom von Worten, sie spricht nicht lauter, die Sätze steigen nicht zu Fragen an, sie fließen melodiös und tröstend dahin. Monique hört ihr von Mal zu Mal lieber zu, die Monologe beruhigen sie. Manchmal hofft sie, dass die Frau auf dem Bettrand sie umarmen, sie an sich drücken wird, doch das geschieht nie.

Moniques Bewunderung für die Bewohnerin wächst. Sie blickt auf ihre muskulösen Arme, wenn sie den Boden putzt, versucht ihr zu helfen, indem sie das Bett macht. Einmal schaut sie durch den Türspalt zu, wie die Frau im anderen Zimmer den Ofen anzündet; die Sicherheit, mit der sie Streichhölzer anreißt, einen Ast mit ihrem Fuß mittendurch bricht, das Feuer schürt. Monique lächelt unbeholfen, als die Frau aufsieht. Die Frau legt den eisernen Schürhaken ab, richtet sich auf, entspannt ihre Armmuskeln. In ihrem Blick, der milde auf Monique ruht, ist zu lesen: Was soll ich mit dir machen?

Dass dies nicht von Dauer ist, weiß Monique. Dass der Tag kommen wird, an dem die Frau ihr deutlich machen wird, dass sie gehen muss, weil sie nichts miteinander zu tun haben, weil im Grunde niemand etwas mit dem andern zu tun hat, Menschen rein zufällig aufeinanderstoßen, sich aneinanderlehnen, bis einer einen Schritt zur Seite macht und der andere fällt. So ist das, weiß Monique, doch sie will nicht weg.

Wenn die Frau einkaufen geht, putzt sie das Haus. Bei ihrer Rückkehr – einen großen Korb mit wenigen Waren in der Hand – lässt die Frau ihren Blick über den geschrubbten Boden und die abgewaschenen Teller schweifen. Sie sagt nichts dazu, streckt keinen Daumen nach oben. Wohl möchte sie, dass Monique in den Garten kommt, lockt sie nach draußen mit einem Lächeln, zeigt ihr die selbst gezogenen Zwiebeln. Beim nächsten Mal dehnt sie den Spaziergang bis zum Zaun aus, danach noch weiter, bis zum ersten Baum des dünnen Wäldchens. Monique weiß, was die Frau da tut. Sie möchte sie mit der Umgebung außerhalb des Hauses vertraut machen, ihr zeigen, dass bei einer Weiterreise keinerlei Gefahr droht. Widerstrebend lässt sie sich mit jedem Mal weiter von den Mauern wegführen, sie hat Angst, die Bewohnerin mit einer Weigerung zu enttäuschen, ist froh, wenn sie zurückkehren.

An einem Morgen sieht sie durch den Türspalt einen

Mann das Wohnzimmer durchqueren. Er stellt ein Glas mit schwarzem Inhalt auf die Resopaltischplatte, setzt sich neben die Bewohnerin auf das Sofa, führt eine Tasse Tee an die Lippen, trinkt, erblickt Monique und sagt: *»Hello, how are you?«*, mit einem breiten Akzent. Die Frau schaut nervös von ihm zu Monique.

Der Mann stellt sich als ihr Bruder vor und nennt seine Schwester Nina. Er ist Seemann und kommt viel herum. Deshalb spricht er Englisch. Nina spricht nur Russisch. Monique nickt.

Es ist Kaviar in dem Glas. Monique weiß, dass der Stör siebzehn Jahre braucht, um geschlechtsreif zu werden, und dass dann der Bauch aufgeschnitten wird, die Eierstöcke ausgeräumt werden. Es ist ein prähistorischer Fisch – friedlich, passiv, riesig. Doch aus diesen Eiern wird nichts mehr werden, sie warten hinter Glas darauf, gegessen zu werden.

Jetzt ist es so weit, denkt Monique, jetzt werde ich fortgeschickt.

Zunächst fängt die Frau einen neuen Monolog an. Der Bruder unterbricht sie hin und wieder, um zu übersetzen. Es ist die Geschichte, wie die Frau Monique gefunden hat, scheinbar leblos, auf dem Rücken ausgestreckt, auf einem Felsen im Wasser. Nina erzählt aufgeregt, deutet mit Gesten eine Mund-zu-Mund-Beatmung an, ahmt nach, wie Monique gehustet hat, wie sie sie wie ein Baby auf ihren Rücken gebunden und nach Hause gebracht hat. Der Bruder dolmetscht.

Wie sie denn auf diesen Felsen im Wasser geraten sei, wollen sie wissen, und wie sie heiße, woher sie komme. Nina hat keinen Pass gefunden, kein einziges Dokument mit ihrem Namen. Sie hat auf den Etiketten an Moniques kaputten Kleidern nachgesehen: hergestellt in Vietnam, das sagt gar nichts.

Monique will sie günstig stimmen, glaubt, dadurch könnten die Chancen steigen, dass sie bleiben darf. Mit einer leisen, brüchigen Stimme erzählt sie den beiden, was sie wissen wollen – Name, Nationalität, Alter. Sie habe diese Angaben schon der Polizei gegenüber gemacht, als sie auf dem Flughafen von Moskau mitgenommen worden sei.

»Warum?«, wollen Nina und ihr Bruder wissen.

»Weil ich mich geweigert habe, ein Glas Thunfisch zu bezahlen«, sagt Monique. »Und weil ich nicht mit dem Schreien aufhören konnte, obwohl ich das eigentlich wollte.«

»Und dann?«

»Auf der Polizeiwache haben sie mir den Pass abgenommen, und meinen Mantel.«

»Deinen Mantel?«

»Ja. Aber niemand hat auf mich geachtet. Ich bin einfach rausgegangen. Ein Bus kam angefahren. In den bin ich eingestiegen, weil mir kalt war. Ich bin bis zur Endhaltestelle gefahren und habe einen anderen Bus genommen. Weil ich keinen Fahrschein hatte, wurde ich rausgeworfen. Danach bin ich noch ein Stück mit dem Zug gefahren. Ich bin lange gefahren.«

»Wo wolltest du denn hin?«

Bedrückt zuckt Monique die Schultern. Die Bewohnerin durchbricht das Schweigen auf Russisch.

»Erzähl uns, was du erzählen willst«, übersetzt der Bruder. Beide Zuhörer nicken aufmunternd.

Monique versucht, nicht die Verzweiflung aus der Erinnerung zu holen, sondern nur die Tatsachen.

»Ich habe ein Boot gefunden, ein kleines Boot, damit bin ich weggerudert, aber ich wurde so müde. Immer, wenn ich die Augen aufgemacht habe, hat es geregnet. Regen ist das Letzte, woran ich mich erinnern kann.«

Das Letzte, nicht das Einzige. Sie erinnert sich an Fetzen

von Natur, ein Kind auf einem Platz, das mit einer Schere in der Hand hinter einer Katze herlief, einen Kampf zwischen einem jungen und einem alten Mann auf einem Bahnsteig, an von Fremden gewährte Hilfe, eine Schale Borschtsch und ein süßes Stück Gebäck, die ihr angeboten wurden, wütendes Schreien, einzelne unangenehme Berührungen, tagelanges Alleinsein, Durst, ein verlassenes Haus mit einer offen stehenden Haustür und kaputten Fenstern, in dem sie übernachtete. Wie Fische neben ihrem Boot herschwammen und sie Verbrüderung daraus ablesen wollte, wie sie versuchte, es schön zu finden, dann Angst bekam vor ihren Schwanzschlägen im Dunkeln, anschließend böse auf sich selbst wurde, weil sie sich trotz ihres Hungers nicht getraute, einen von ihnen zu fangen, nur weil sie nicht wusste, wie sie es anstellen sollte.

Es ist nicht klar, wie ihre Worte, die von Ninas Bruder übersetzt werden, auf die beiden wirken. Man hört ihr konzentriert zu, aber glaubt vielleicht nicht alles.

Dass sie schon eine Weile aufgehört hat zu reden, wird Monique erst bewusst, als man ihr in zwei Sprachen eine Frage stellt.

»Weißt du, welches Meer das ist?«

Monique wendet ihren Blick vom Fenster, von der Außenwelt ab und schüttelt den Kopf.

»Das Kaspische Meer. Dies ist Dagestan.«

Bruder und Schwester sehen sie jetzt ein wenig erwartungsvoll an. Sie fragen sich, was sie mit ihrer Enthüllung bei ihr ausgelöst haben. Ihnen ist nicht bewusst, dass sie für Monique alles sind, was zählt, weil sie sich bei ihnen sicher fühlt und schon seit so langer Zeit nach Hause kommen will.

Sie hat das Gefühl, ihr Leben nunmehr als eine Aneinanderreihung von Blicken zu begreifen, die auf ihr ruhen und sich am Ende abwenden, eine Reihe, die bei den verwunderten Augen von Eltern beginnt, die ihre Erstgeborene sehen, in der sich amüsierte Augen von Freunden finden, begehrende Blicke von Geliebten, im Wechsel mit feindlichen Blicken, denen sie gelegentlich überall meint entgehen zu müssen. Nun ruht der einzige Blick auf ihr, den sie noch ertragen kann: der Blick beliebiger Menschen, die es gut mit ihr meinen. Sie kann nicht genug davon bekommen.

»Morgen gehen wir zur Botschaft deines Landes«, sagt Ninas Bruder. »Dort können sie dir helfen.«

Monique schüttelt ihren Kopf viel ruhiger, als sie sich fühlt.

»Ich will bleiben.«

»Nein, das willst du nicht.« Es ist Nina, die das sagt, doch ihr Dolmetscher scheint es genauso ernst zu meinen. »Dies ist kein Ort für dich.«

Es wird eine Badewanne für sie gefüllt, Kleider werden bereitgelegt und Handtücher vorgewärmt, obwohl es draußen nicht kalt ist. Während Monique sich wäscht, schaut Nina wieder auf ihren Hinterkopf, kommt näher, als sie untertaucht. Wache über mich, denkt Monique Champagne.

Sie schläft nicht in dieser Nacht, hat Angst vor der erneuten Abreise. Die Fingerkuppen, die sie in die Matratze drückt, zählen, wie oft sie umgezogen ist, danach die Menschen, mit denen sie geschlafen hat. Sie beginnt wieder von vorn, scheint Häuser und Zimmer vergessen zu haben, hat manche Namen nie gekannt, weiß nicht genau, wie weit sie »mit jemandem schlafen« ausdehnen muss. Mit einer Hand vor dem Mund erinnert sie sich an Bettgenossen, die ein vergessenes Wochenende wieder aus der Erinnerung hervorzaubern. Ärgernisse und Genüsse tauchen aus ihrem Gedächtnis auf – manchmal grinst sie, doch häufiger schlägt sie mit der flachen Hand auf ihren Kopf oder auf die Matratze, wie beim Kampfsport, wenn sie einen schmerzhaften Stich spürt. Sie denkt an alle Bäder, an Oskar und an Gav, an alle Abfluss-löcher, auf denen Thomas sie Platz nehmen ließ. Sie ist wieder bei ihm gelandet, dem Einzigen, dem Echten. Dem Echten? Die Sehnsucht nach ihm beginnt sie anzuöden, doch sie kann sie nicht abschütteln, und das macht sie wütend. Sie weiß nicht, was der größere Irrtum war: die Jahre mit ihm oder sein Beschluss, wegzugehen. Immer noch tippt sie auf das Letztere, vielleicht, weil das Erstere schlimmer wäre oder weil sie es doch gut hatten, doch auch gut hatten, besser als die meisten.

Ihr ist nicht kalt heute Nacht, sie schwitzt sich nackt zu Tode. Zwischen den nassen Laken wartet sie auf einen Tagesanbruch, der sich lange im Meer versteckt. Um abzukühlen, läuft sie leichtfüßig durch das Zimmer. Durch den Türspalt sieht sie Nina und ihren Bruder. Sie schläft auf dem Sofa, er auf dem Fußboden, beide mit offenem Mund; ein Familienkennzeichen, oder Zufall. Monique kann das Bett nicht länger besetzen, wird sich nur ein letztes Mal daraufstellen, um den Morgen abzuwarten. Die ersten Anzeichen von Helligkeit ignoriert sie, doch sobald sie einen Streifen Sonne sieht, öffnet sie das Fenster. Sie will Nina und ihren Bruder nicht wecken, nicht mit der Sorge um sie belasten.

Ihre Füße, diese kunstvollen Knochenstrukturen, laufen mit ihr zum Meer. Monique Champagne weiß, dass sie es nicht geschafft hat, dass das Projekt, welches sie ihr Leben nannte, gescheitert ist. Obwohl sie mit größerem Einsatz als die meisten versucht hat, etwas Besonderes daraus zu machen, versucht hat, da zu sein. Vielleicht ist das die Moral, oder der Witz; dass sie es zu sehr versucht hat.

Die Geschichte ist traurig, aber deutlich zu Ende gegangen, sie muss einsehen, dass jetzt nur noch Nachbetrachtungen folgen können.

Sie weiß nicht, was mit den Fischen geschehen wird, mit den Menschen, der Natur, den Meeren und der Bombe. Sie weiß nichts, nur dass es immer noch wehtut, dass ihr Ende immer noch unerträglich wehtut, dass es sie fast vollständig aufgezehrt hat. Noch ein paar Fasern, und sie ist weg. Das Wasser reicht ihr schon bis zu den Schultern, sie kann jetzt untergehen.

Doch etwas sinkt in ihr nieder, türmt sich in ihr auf, dehnt sich in ihr aus. Etwas vergrößert ihren Lungeninhalt, gibt dem Kummer einen Raum, in dem er herumflattern kann, bis er müde ist. Sie misstraut der Sache zunächst, wagt es kaum zu glauben. Der Rücken, unter dem die Wellen herandrängen, ist ihrer, die Brust, auf der die Luft ruht, ist ihre. Und dann tost das Blut unter ihrer Haut, es pulst durch ihren Bauch, windet sich spiralförmig um jeden Rückenwirbel, jedes Fingerglied, durch ihr Herz, ihren Hals, ihre roten, nassen, sonnenbeschienenen Wangen, ihre Augen voller Tränen unfassbaren Glücks. Sie treibt, kann sich auf alle Seiten drehen, das Wasser trägt sie. Sie weiß jetzt: Sie ist ein Krieger aus gleißendem Licht, ein Krieger aus purem Gold. Lachend verliert sie das Bewusstsein, gibt sich hin, ist Teil des Meeres, das sie über sich hinaushebt, wiegt, wegträgt, weitergibt von Welle zu Welle, bis zu der Welle, die sie aufs Land niederwirft, wo sie einatmet, einatmet, sie, Monique Champagne, die noch lebt.

Anmerkungen

Folgende Bücher und ihre Autoren haben mir besonders
beim Schreiben dieses Buches geholfen:

Charles Clover: *Fisch kaputt – Vom Leerfischen der Meere
und den Konsequenzen für die ganze Welt,* Riemann Verlag,
München 2005.
Dos Winkel u.a.: *Wat is er mis met vis? (Was geht schief
beim Fisch?),* Elmar 2008.
Neil Shubin: *Der Fisch in uns: Eine Reise durch
die 3,5 Milliarden Jahre alte Geschichte unseres Körpers,*
S.Fischer Verlag, Frankfurt am Main 2008.

Dank auch an die Meeresbiologin Bea Merckx für ihre Tipps.

Ein Mann. Eine Klippe. Viele Frauen.

Tim Bindings neuer AL-GREENWOOD-KRIMI

»Bester schwarzer Humor aus England:
Nach *Cliffhanger* folgt nun *Fischnapping* –
wieder herrlich schräg und spannend.«
Für Sie

»*Fischnapping* lebt von immer neuen, aberwitzigen
Drehungen der Geschichte und vom krachenden
Scheitern all der ausgefuchsten Pläne, die Al ersinnt.
Dieses Buch ist großer Klamauk, grundiert von einer
leisen Melancholie: Denn eigentlich würde man
dem ewigen Verlierer Al Greenwood, einem echten
Kumpeltyp, auch mal eine kleine Ecke Glück gönnen.«
Deutschlandradio Kultur

»Selbst die Fische haben in diesem Roman mehr
Charakter als alle Figuren der meisten anderen Krimis
zusammen.«
Spiegel Online

»Höchst unterhaltsam.«
Frankfurter Allgemeine Zeitung

Tim Binding
Fischnapping
Roman
Aus dem Englischen von Ulrike Wasel
und Klaus Timmermann
   336 Seiten, gebunden mit Schutzumschlag
   19,90 € / 33,50 sFr.
   ISBN 978-3-86648-132-9
   www.mare.de

Sind die Grönländer untreu?
Kim Leine sagt es Ihnen.

Arktische Stürme, Bären im Keller und Schüsse aus dem
Nirgendwo: In einem kleinen Dorf am östlichen Rand
von Grönland begegnet der Däne Jesper destruktiven
Kräften, die sich in der Dunkelheit verbergen, aber auch
einer unerwarteten Schönheit und Leidenschaft.

»Wunderbar lakonisch und faszinierend von der
ersten Seite bis zur letzten. Verstörend, aber auch
so schön, dass man das Buch nicht aus den Fingern
legen kann.«
Werner Köhler, WDR 5 Bücher

»Ganz ohne folkloristische Blödelei beschreibt
Kim Leine das harte Leben im beinahe ewigen Eis,
gelegentlichen Überschwang inklusive. So ist sein
herber Roman gespickt mit skurrilen, markanten,
oft ratlosen, aber nie verratenen Typen.«
stern

»Ein Roman, so hinreißend absurd wie Kaurismäkis
Filme, nur viel heiterer.«
Style

Kim Leine
Die Untreue der Grönländer
Roman
Aus dem Dänischen von Ursel Allenstein
336 Seiten, gebunden mit Schutzumschlag
22,00 € / 33,90 sFr.
ISBN 978-3-86648-140-4
www.mare.de